弗拉姆巴斯

格林

拯救鲸鱼

[意] 罗贝托 · 帕瓦内罗 著 [意] 斯蒂法诺 · 图尔科尼 绘
王文君 译

中国人口出版社
China Population Publishing House
全国百佳出版单位

北京市版权局著作权登记号　图字：01-2016-6968

Text by Roberto Pavanello
Original cover and Illustrations by Stefano Turconi, colors by Christian Aliprandi
Graphics by: Gioia Giunchi

Original Title: Operazione Balena

Translation by: Wang Wenjun

图书在版编目（CIP）数据

拯救鲸鱼 /（意）罗贝托·帕瓦内罗著；（意）斯蒂法诺·图尔科尼绘；王文君译．
-- 北京：中国人口出版社，2017.1
（弗拉姆巴斯·格林）
ISBN 978-7-5101-4693-0

Ⅰ．①拯… Ⅱ．①罗… ②斯… ③王… Ⅲ．①儿童故事—图画故事—意大利—现代
Ⅳ．① I546.85

中国版本图书馆 CIP 数据核字（2016）第 231420 号

拯救鲸鱼

（意）罗贝托·帕瓦内罗著，（意）斯蒂法诺·图尔科尼绘，王文君译

出版发行　中国人口出版社
印　　刷　北京瑞禾彩色印刷有限公司
开　　本　810mm × 1280mm　1/32
印　　张　5.875
字　　数　50 千字
版　　次　2017 年 1 月第 1 版
印　　次　2017 年 1 月第 1 次印刷
书　　号　ISBN 978-7-5101-4693-0
定　　价　19.50 元

社　　长　张晓林
网　　址　www.rkcbs.net
电子信箱　rkcbs@126.com
总编室电话　（010）83519392
发行部电话　（010）83534662
传　　真　（010）83515922
地　　址　北京市西城区广安门南街 80 号中加大厦
邮政编码　100054

目录

弗拉姆巴斯·格林和他的朋友们
弗拉姆巴斯·格林
有史以来，最真诚、
最勇敢、最特别的守
护精灵！
迪迪·卡佩尔维内莱
弗拉姆巴斯最好的朋友，
最出色的治愈师之一，从
未离开过琳法比安卡。
特罗戈罗
一个小野人精灵，用奇怪
的声音和别人交流，他的
手里永远握着一把弹弓。

果核和莴笋
一对友善的精灵，是整个林法多罗的糊涂虫！
卡尔洛塔•巴伯
害羞保守，她极具摄影天赋。
提密斯•巴伯
巴伯家中最小的孩子，小莫扎特。
欧拉乔•普莱斯科特
爱发脾气的植物园守护人，他喜爱植物胜过喜爱自己的同类。

福尔西科精灵的级别划分

绿拇指仙： 精灵学徒，最开始只负责守护一棵树（辛普莱斯），随着级别的上升，其守护的树木逐渐增多，一直到九棵树为止。正如所有的福尔西科精灵一样，他们一出生便有两根绿色的大拇指，这两根拇指里包裹着少量的绿树汁液。

绿手仙： 有经验的精灵，起初负责守护小森林，随着级别的上升，守护的森林不断扩增，级别最高的负责守护百年丛林。在晋级仪式后，绿树汁液会在手掌里扩散开来，这样他们就可以用绿树汁液治愈各种各样的树木。

林区碧翠仙： 经验丰富的精灵，负责守护整个“绿林区”（统领着九百九十九个绿手仙）。他们的皮肤是浅绿色的，因为整个身体里都含有绿树汁液。

陆域碧翠仙： 极其出色的精灵，负责守护九十九个“次大陆域”中的一个（统领着九百九十九个林区碧翠仙）。他们的皮肤是绿色的。

元老碧翠仙： 聪明睿智的精灵，是从陆域碧翠仙中选拔出来的。元老碧翠仙一共有九人，他们组成了守护元老会。任期九年，帮助大碧翠仙做决策。他们的皮肤是深绿色的。

大碧翠仙： 拥有最高权力和地位的精灵，统领着所有的福尔西科精灵。任期九十九年，只可重任一次。大碧翠仙的年龄不能超过六百三十岁。他是唯一皮肤呈暗绿色的福尔西科精灵，因为他体内的绿树汁液的能量是无穷的。

长腿族的城市（即人类城市）
欧拉乔的“老窝”
整个异日城最原始的地方，也是最美的地方（我所说的是欧拉乔绿色的铁盒子）。
低等危险
港口
密密麻麻的各种形状和大小的漂浮的房子；最好是乘坐鸟类飞跃！
中等危险

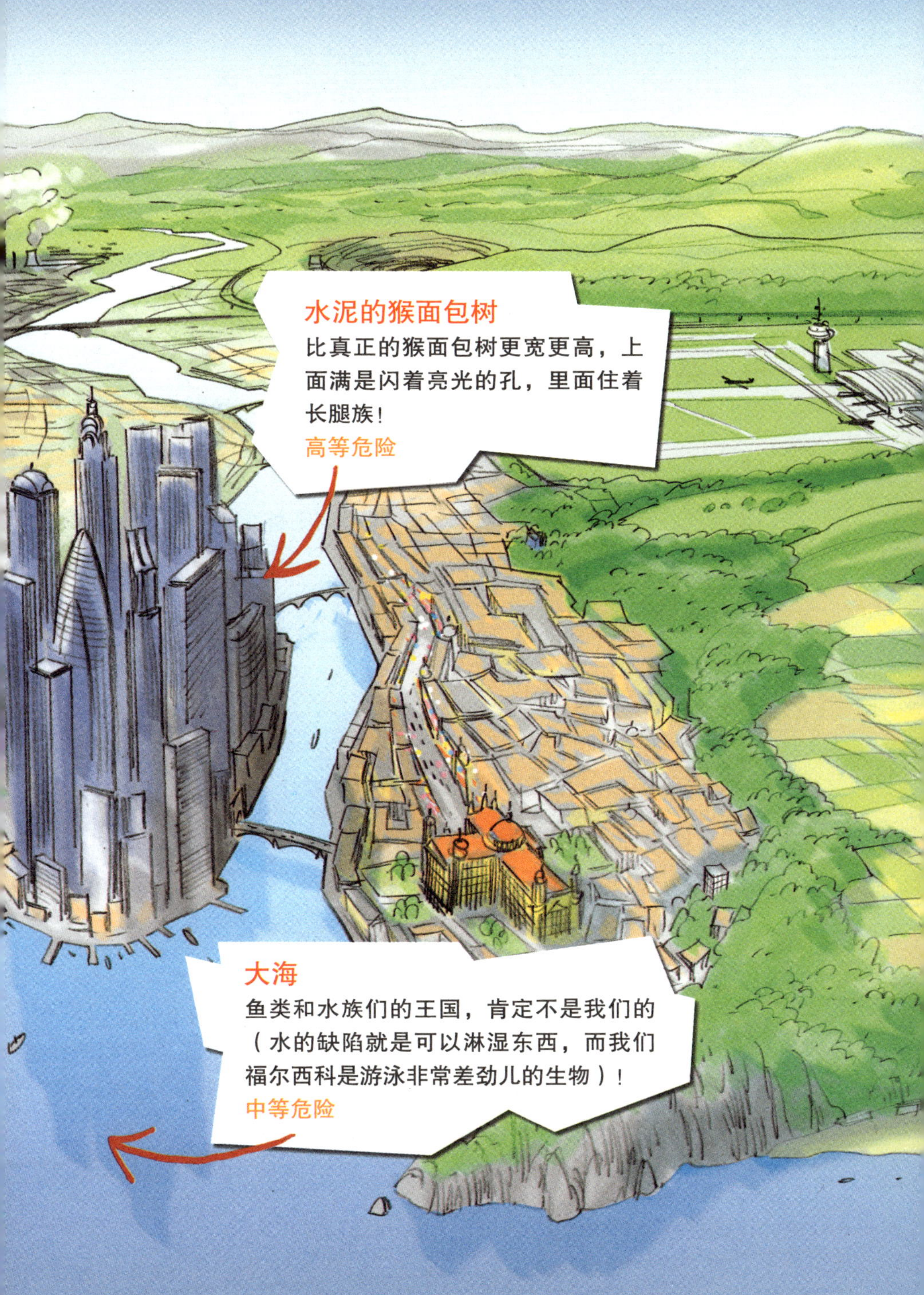
水泥的猴面包树
比真正的猴面包树更宽更高，上面满是闪着亮光的孔，里面住着长腿族！
高等危险
大海
鱼类和水族们的王国，肯定不是我们的（水的缺陷就是可以淋湿东西，而我们福尔西科是游泳非常差劲儿的生物）！
中等危险

“我，弗拉姆巴斯·格林，

发誓将誓死捍卫我看管的树木，不滥用上天赐予我的绿树汁液。”（碧翠仙授予仪式上的宣誓词）

1. 咚弗

通常福尔西科会在黎明太阳升起的时候起床，有时候会更早一点。

但是一个雾蒙蒙的星期天早上有人赖床，这当然是可以理解的，因为根本看不到太阳光嘛。前一天傍晚那个精灵回到营地时已经很晚了，他一定是乘坐着他那只忠诚的鹰，巡查了长腿族小城内部一个满是树木的丘陵之后返回的。

这就是为什么年轻的碧翠仙弗拉姆巴斯·格林还在他那悬空的小木屋里熟睡的唯一解释了，尽管时钟的指针已经指向了七点半。

他的兔子噶尔外斯顿负责叫醒他，它用后爪敲打着福尔西科藏身处的大菲酷斯的树干。

他们是在热带雨林吗？不，这里是异日城植物园那个新的大温室，福尔西科的绿细胞*组织已经在这里定居好几个月了。

咚咚咚！敲击的声音在弗拉姆巴斯的头上方响了起来。

*如果想了解更多关于绿细胞的故事，你们可以读一读《小城精灵》这本书。

“嗯？谁？干什么？”弗拉姆巴斯一边嘟囔着一边站了起来。刚一反应过来是谁，他就把头伸出圆窗子，向他的兔子打招呼：“你好，嚆嚆！睡得好吗？”

他的兔子正和一只雌兔子依波利达吃着香草和野菊花，用耳朵回答他——“睡得不错”，并提醒他注意时间。

“你做得对，我真的是起得太晚了，现在我们来叫醒其他人吧：迪迪！莴笋！果核！特罗戈罗！快醒醒，今天早上我们有一大堆事情要做！”

但是没有精灵回答。

“他们都躲到哪儿去了？”弗拉姆巴斯回过头来问那两只一边咀嚼食物一边盯着他看的啮齿动物。他觉得它们在偷偷地嘲笑他，而这次是依波利达转着耳朵回答了他的问题。

“他们已经出去了？这么早？怎么可能呢？”

弗拉姆巴斯沿着树干爬下来，走到了外面。尼法阿公园就像一块饼干浸没在牛奶中一样，被吞没在浓浓的大雾之中，两三米之外是什么都看不见，但可以分辨出一个更类似于穴居小矮人而不是福尔西科的精灵，他穿着一件外套，口袋鼓鼓的，正和一只不听话的鸽子吵架，这只鸽子不想让他乘坐。

“这儿，鸟！”精灵一边喊着，一边在鸟嘴下面摇晃着他那满是米粒的毛茸茸的手。那只鸽子向他走近了两步，但是精灵刚要伸手抓住它，它就飞走了，精灵怒吼了几秒钟，然后平静了下来，打算用手里的鸟食把它召唤回来，然后抓住它重新开始。

“你这样做是永远不会成功的，特罗戈罗！”弗拉姆巴斯对他说，“你应该给它吃东西的时间而且不去碰它，当它信任你的时候，你就可以抚摸它了。或许，过一段时间，你才可以驾驭它，永远不要冷漠地对待动物们！”

特罗戈罗抱怨着什么，然后看到鸽子从远处飞了回来，啄起了他手中的米粒，津津有味地咀嚼着。

“你看到其他人了吗？”

“呜嘎！守园人！”

"去欧拉乔那儿了？怎么会呢？"

"小孩子们！布嘎！"

"提密斯和卡尔洛塔？周日的这个时间？太疯狂了！那两个孩子永远不睡觉吗？"

坐落在温室正后方的小屋是唯一一处欧拉乔·普莱斯科特（植物园的守园人）保持原貌的建筑，而小屋原始的外观正是福尔西科非常喜欢的，他们把它命名为他的"老窝"。他们一有机会就会找各种各样的理由

跑过去。有的精灵为了查看长腿族的那些吸引人的天才发明（收音机确实能让萵笋和果核疯狂），有的为了品尝一块放在某个深绿色铁盒子里的黄油夹心饼干（其中最贪吃的是特罗戈罗），还有的精灵想在欧拉乔将郁金香的球茎栽在盆里或者准备天然肥料的时候帮他一把（最好的助手应该是迪迪·卡佩尔维内莱博士小姐了吧）。

但那天早上有其他人吸引了他们，弗拉姆巴斯很快就明白了。当他靠近玻璃门时，他听到提密斯·巴伯那尖锐的声音正在激动地解释着什么："你们不知道吗？水是有声音的，最古老的人类了解这一点并创造了水之音乐。"

“是被淋湿时发出的声音？”莴笋问。

“这是什么问题？”她的同伴果核像往常一样抨击她说。

提密斯笑了笑，而莴笋很生气地走到卡尔洛塔那里接受她的安慰，这时弗拉姆巴斯悄悄走进来了。

老欧拉乔正美滋滋地躺在那张行军吊床上，而绿细胞组织的其他精灵则坐在那张旧桌子上，在巴伯姐弟旁边围成半圆，只有迪迪注意到弗拉姆巴斯的到来并向他打了个招呼。

“早上好，弗拉姆！睡得好吗？”

弗拉姆巴斯的脸变得红通通的，不好意思地说：“很好，谢谢……嗯……这儿发生什么了？”

“嘿，小弗拉姆！”提密斯向他打招呼道，“你来得正是时候，刚才我向你的朋友们解释了水可以创作音乐的事情。”

“我非常乐意参与其中，但我……”

提密斯根本不理会他的话，无动于衷地继续说：“许多著名音乐家的创作灵感都来源于他们的水生生物，想想施特劳斯的蓝色多瑙河，斯美塔那的伏尔塔瓦河，亨德尔的水上音乐，而且有些人甚至发明了能在水中使用的特殊乐器：笛子、钟琴、管风琴等，你们想听听吗？”

“嗯，这样吧……或许下一次……”弗拉姆巴斯回答说，“我来是为了……”

“休息一下吧，我的小孩子！”欧拉乔在吊床上喊道，“这个星球可以为你暂停

十分钟！”

“我知道，欧拉乔，但是我们必须……”

“我们去听听吧，头儿！就一‘分珠’的事儿！”莴笋请求道。

“是的，头儿！”果核支持她说，“‘分珠’是什么东西……无聊！那叫一分钟！”

“那好吧，”最后弗拉姆巴斯妥协了，从桌上跳起来说，“但是别再叫我头儿了！”

小男孩向他们笑着说：“你们听一听这些天我在网上搜集的东西！”他一边说着，一边打开了放在他面前的手提电脑。

福尔西科们靠近电脑，提密斯按下了一个键。就在这时，突然……咚！有什么东西猛撞了一下储藏室的门。

所有人都急匆匆地赶到外面，在入口前面，他们发现特罗戈罗的毛发和他的鸽子的羽毛缠绕在一起乱成了一团。

特罗戈罗微笑着露出他那黄色的牙齿，重新爬起来骑在那鸟的脊背上，粗鲁地喊着："鸟飞！呜嘎—布嘎！我叫它'咚弗'！"

同伴们用难以置信的目光看着他，而他和那只鸟又以奇怪的姿势起飞了，鸟身体倾斜地飞着，看得人心惊肉跳。

2. 鲸鱼不是鱼

异日城港口是一座真正的“城中城”。

不管白天黑夜，这里永远熙熙攘攘，进行着各种各样的活动，总是有各种型号、种类的船只在这里进进出出，比如楼一样高的巡航船，满载货柜的运输船，仓库内装有几十辆小汽车和卡车的渡船，能够在港口拖动任何体积船只的拖船，还有商船、储油船、冷藏船、渔船、摩托艇、小艇、汽艇、帆船，甚至还有划艇。总之，这是一个真正

杂乱无章的海边码头。

福尔西科们第一次为了闲逛而飞跃一片区域的经历让他们大吃一惊。海洋当然不是他们天然的生存环境，但是在那种有水存在，又有人类喧嚣的地方，就会像陆地上其他地方一样，人类表现得像是宇宙的主人，对海岸和海洋生物没有丝毫的尊重。

唯一学会和港口的混乱共存的动物是海鸥，但只是因为它们希望可以白吃垃圾或船只丢弃的鱼，其余的鱼类和软体动物们都对

那种可怕的杂乱小心对待，敬而远之。周日的捕鱼者们怒气冲冲地抱怨着什么也捕不到。

然而，如果那天早上他们到常去的捕鱼码头再远几公里的地方，他们就会看到一个令人激动的一幕！

但寒冷和大雾使人们变得懒惰，包括周日的捕鱼者们。只有一个多毛的野性精灵会有沿海岸线冒险的经历，他骑在一只气喘吁吁不断下落的鸽子背上，当可怜的鸟发现离

水面只有一米的时候，它的驾驶员开始大声呼喊，就在那一刻，他绝望地打了鸟的翅膀一下，鸽子又成功地飞了起来，避免了掉入水中，从远处看他们飞行的样子，任何人都会认为它一定是喝醉了。事实上，它只是很难支撑起特罗戈罗的重量，作为一个福尔西科，他绝对是太胖了！

然而，因为那些不得已的“拍打”，咚弗的爪子碰到了水面，特罗戈罗自己也弄湿了脚指头——他没掉进水里真的是奇迹。但当他们艰难上升的时候，精灵不再辱骂鸽子，他探身向下望去。尽管有雾，但他刚一看到下面的情况，就又坐回那可怜的鸽子背上，并命令它返回：“呜嘎，咚弗！家！家！”

如果说得优雅些，他正直奔“基地”

（福尔西科是如此称呼他们那悬空在温室内部的优雅的小别墅的）飞去。

那时，欧拉乔小窝很热闹，人们和精灵们正待在一起吃着黄油饼干，仔细品尝着迪迪加了刺槐花和姜片的茶水，茶水盛放在用白陶和蓝陶做成的小杯子里。提密斯如愿以偿地让他们听了他电脑里的“水之声”：汩汩的声音、波浪拍打海岸的声音、瀑布、喷泉、呼啸声、小溪潺潺的流水声、刺耳的声音、入海口处神秘的回音、海狮的声音、海洋霸主的声音、不同种类的企鹅的声音、海豚的声音、鲸鱼的声音及其他浅海和深海生物发出的声音。

“厉害！”莴笋赞扬提密斯说，“我以前从没想过海豚会用嘴发出‘咻咻’的声音！”

“是的，真的是难以置信，”欧拉乔说，“那么，你打算用这些东西做什么呢，我的孩子？”

“我想创作一支类似于水的交响乐的曲子，”提密斯回答说，“又或者一些歌曲，谁知道呢……”

“好吧，要我说你已经具备了所有需要的东西，祝你工作愉快！”弗拉姆巴斯长话短说，因为他要重新检查一下他的绿细胞组织。

“我也这样认为，”提密斯回答说，“自从我爸爸让我和莱斯特·拉姆普兰达见面之后。”

“他是谁呢？一条鱼？”果核问。

“不，他是一位著名的海洋学家。”

“海洋学家是什么？一种颜色？”莴笋问。

“海洋学家是研究海洋生物的人，拉姆普兰达教授就职于异日城海洋研究中心。当我爸爸对他说我正在进行水之音乐的创作的时候，他就允许我以他的名义接触他们的档案，你们听……”

小男孩的手在电脑键盘上不停地跃动着，

打开了一个以蓝绿色的大海为背景的海洋研究中心的网址。“你们现在听到的声音是在异日城大海里录制的，你们猜一猜这声音是谁发出来的……”

空气中开始弥漫着一种忧伤而又极其甜美的声音，一种奇幻的像笛声一样的声音，让所有人都着了魔。在场的长腿族和福尔西科精灵们都没听过类似的声音，但难以理解的是，莴笋第一次听就猜中了答案：“我知道是谁的声音，是鲸鱼！”

“太棒了，莴笋！”提密斯夸赞着她，她的脸都红了，“真的非常奇妙，对吧？”

“哇哦！”果核喊道，“它们唱得真好！”

“事实上，它们并不是在唱歌，而是在对话……”

“谁知道它们在说什么呢？”迪迪说。

“没人知道，”卡尔洛塔插话说，“科学家们还在研究。”

“不是的，我知道鲸鱼们在说什么，”莴笋坚持说，“它们中的一只正在问其他鲸鱼哪里能找到许多食物。”

“别再不懂装懂了！”果核让她闭嘴说，“从什么时候开始一个乡下的精灵知道鱼们的话了？”

“看看你有多无知啊！鲸鱼不是鱼，它们是哺乳动物！我曾经偶然研究过‘鲸语’！”

“如果你再不停止说大话的话，我就把你……”

“别再吵了，你们两个！”弗拉姆巴斯斥责他们两个说，而就在那时，另一声巨响，咚！打断了他们的对话。

所有人再次走出小木屋，又看到特罗戈罗摔在地上的样子，他和鸽子缠绕在了一起，正竭尽全力吐出嘴里的那些让他无法说话的羽毛。

“你知道吗，特罗戈罗，”迪迪笑着对他说，“咚弗（意大利语译为“扑倒”）真是个贴切的名字！”

3. 所有人齐聚戈沿海湾

弗拉姆巴斯依然不明白乘坐黑鸢如何能跨越异日城港口。

在他的右边有乘着朱莱拜的果核和莴笋，左边特罗戈罗坐着他那不成样子的鸽子。如果不是因为他们的毛发和鸟的羽毛的颜色不同，他们真的像是一支飞翔的福尔西科巡逻队。但是他们如此组合在一起，让人联想到，他们更像一支乞丐大军。迪迪驾驶着鸢。不是弗拉姆巴斯不相信她的驾驶技术，

完全是因为其他原因。她不仅是近五十年来琳法比安卡中最好的守护者，而且是卡佩尔维内莱博士，大碧翠仙的女儿，还是鸟们最好的驾驶员。问题出在弗拉姆巴斯真的不想去海边，而且也不想让他的绿细胞组织也去，结果却完全相反，他甚至不明白为什么会这样。

在系上安全带的最后一刻，他大声说出一个悲观的结论："你知道吗，迪迪，我认为我不适合指挥……"

"就算是开玩笑也不要说这样的话！"

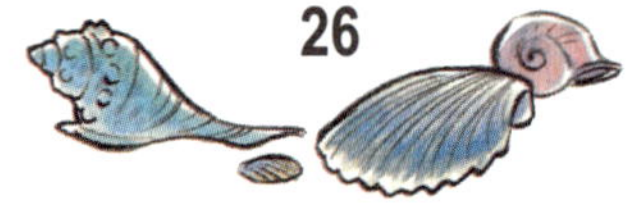

她训斥他说，“你一直在朝相反的方向思考！现在别再哭丧着脸，帮我掌握方向。”

福尔西科们穿越雾阵直奔海岸飞去。他们飞翔在港口周围，不一会儿就飞越过去。最初的问题重新回荡在脑海中：为什么？与其浪费时间去那个离福尔西科很远的地方——大海，还不如去完成城市中树林的版图，最好早点说……

在特罗戈罗再次匆忙地回到欧拉乔的办公室之后，他被一种难以控制的冲动所左右

了，说了些含糊不清的、不完整的句子。口中净是难以理解的话：“那儿，那儿……下面，下面……呜嘎……大……大……”

“慢点说，特罗戈罗！你这样说话，我们都听不明白，”弗拉姆巴斯尽力让他平静下来，“大……什么东西？”

“呜嘎，大尾巴……布嘎，大头……”

“你见到了一只大动物？一只大象？”

“不，不，不！大海……大海……它……‘劲鱼’！大‘劲鱼’！”

“‘劲鱼’？”弗拉姆巴斯一边重复着，一边困惑地望着其他人。

“一只鲸鱼！”最后莴笋凭直觉猜测说，“对吧，特罗戈罗？”

“呜嘎……呜嘎！鲸鱼！鲸鱼！”

“那么你在哪儿看到的这只鲸鱼？你记得吗？”

他花了十几分钟含糊不清地解释着，又在一张地图和纸上潦草地画了图，才能准确地描述出他看到的那片鲸鱼所在的区域。

“我认得那片海域！”卡尔洛塔一明白过来就插话说，“我画水彩画的时候去过那里几次，我认为特罗戈罗是在戈洽海湾的上方穿越的。那是一个不深的小海湾，距离港口大概

几公里远。每天涨潮的时候那里都充满水，落潮的时候就没有水了。”

“是这样吗，特罗戈罗？”弗拉姆巴斯问道，“你见到鲸鱼……就是那个海湾里的鲸鱼吗？”

“海湾，海湾！呜嘎—布嘎！”他认真地确认道。

“为什么一只鲸鱼会距离港口这么近？”提密斯问道，“这有点奇怪，你们不觉得吗？”

“是的，非常奇怪……”卡尔洛塔赞同地说，“这说明那只动物可能遇到困难了！”

“去那儿看一看吧，你们觉得怎么样？”那一刻，提密斯建议说。

“我同意！”果核充满激情地说。

“我也同意，可怜的小鲸鱼！”莴笋激动地说，“我们不能让它留在那里！”

“我也去！布嘎！”特罗戈罗拍着他那多毛的胸脯说。

这时，看到他们如此兴奋，弗拉姆巴斯打断他们说：“得了吧！你们先冷静下来！我得提醒你们，我们是福尔西科的福尔西科精灵。大议会派我们来到长腿族这里是为了让我们守护这里的绿地、植物和鲜花，而不是大海，更不是海洋生物！没有我的许可谁也不许动！”

“但是，弗拉姆巴斯，我不能认同你，”迪迪反驳道，“每一种生物，动物或者植物，都是大自然的一部分，没有动物就没有植物，反之亦然。”

“卡佩尔维内莱小姐说得有道理，头儿，没有草就不会有牛，没有牛就没有牛奶，没有牛奶就没有……”

“你能闭上那张嘴吗？”果核生气地制止她说。

“我们走吧，弗拉姆，理智一点！”迪迪鼓动他说，“我们不能无视这样的紧急情况！”

“迪迪你说的是什么紧急情况？我们甚至不能确定那只动物是否处在危险之中！”

“关于这一点你说得对！”迪迪敲着她的手指惊讶地说，“如果我们不去查看一下，我们就不能肯定，我们乘坐阿尔坎去？”

“我的鹰？怎么……”

“我们乘坐朱莱拜！”莴笋激动地声音

颤抖着说。

“好的！很显然得由我来驾驶！”果核试图明确这件事，“上次你在前面，使我们有了生命危险！”

“我把我的自行车找出来，”欧拉乔补充说，“你们福尔西科可以先走，我们海湾见。”

弗拉姆巴斯还想坚持之前的想法，他尽力阻止他们说：“等一下，我还是不太明白！我刚才说……”

但提密斯再次先他一步说：“我也骑自行车去，从这儿到港口只需要二十多分钟，你呢，卡尔洛塔？”

“不用担心，我的书包里有旱冰鞋呢，穿上旱冰鞋之后，我和你们一起出发，弗

拉姆巴斯，你想让我们把兔子也带到海湾去吗？”

“但是……我……不用了……我……”

“是的，你说得有道理，没有必要冒险，最好是只有我们去，那么我们在那个地方见吧！”卡尔洛塔也钻了出去。

“感谢合作，小弗拉姆！”提密斯在出门之前向弗拉姆巴斯打招呼说，“我就知道你不会退缩的！”

特罗戈罗嘟哝着出去寻找他的鸽子了。

这时，弗拉姆巴斯依然保持着被打断话时手指上扬的姿势，用难

以置信的眼神望着迪迪，然后问她说：“告诉我一件事，迪迪，为什么我无法想清楚这件事呢？”

“不是的，弗拉姆！我很了解你，你就是不想呼唤阿尔坎。没问题，我们骑吉尔波去，我的鸢！”话音刚落，她就走了出去，把她的哨子（每一个级别较高的福尔西科都会在脖子上戴一个指挥哨）放在嘴边，发出了一声长而尖锐的哨声。

十分钟之后他们一起朝港口的方向起飞了，乘坐的是吉尔波。

接下来的事情是这样的。

听到迪迪的尖叫声，弗拉姆巴斯突然从他的思绪中清醒过来，“在那儿！”小精灵指着海岸的一处凹地喊道，“戈洽海湾！”

他们谨慎地飞翔着，直到着陆，后面跟着果核、莴笋和特罗戈罗——他的着陆一点也不完美。

欧拉乔和两个孩子还没到达，但精灵们决定不等他们了，他们小心翼翼地靠近岸边，在沙滩上留下了他们的小脚印（莴笋紧跟在果核的后面，尽量把脚落在同伴们留下的脚印里，因为她总是走上两三步就会摔倒）。当他们到达咸水湾边上时，他们停住了脚步，凝神屏息，惊讶地看着他们眼前的景象：海面上出现了一个小岛一样巨大的鲸鱼的脊背，颜色很深，闪闪发光！

4.
遇见海底生物

几个世纪以来所有的福尔西科都知道月亮会影响植物的长势和健康状况。

迪迪依然记得琳法比安卡高等学校里的月光学的考试。在一个满月的夜晚，卡奴巴教授把他们带到森林里，解释说：“月光浴不仅可以保护植物免受寄生虫的侵害，而且使它们变得足够强壮，以抵御冬天的严寒，我个人认为月光对骨骼也有好处，因此，如果你们允许的话，请给我半个小时的保养

时间，而你们去收集一些苔藓样本吧！”话音刚落，他就脱下了衣服，只留下一条红色瑞博思内裤，然后躺在草地上开始享受月光的沐浴。

幸运的是，他的教学内容不仅局限于植物，还包括月光对于栗子酒装瓶的影响，或者对兔子情绪以及潮汐涨落的影响。不过，这最后一项没人感兴趣，因为大部分的福尔西科都生活在远离咸水域的地方，但是一到异日城就大不一样了，欧拉乔最初教授的内容之一就涉及城市周边海洋的活动，在那里每一天潮汐的周期都发生着变化。

这也是为什么那五个精灵看着那只躺在小海湾里的可怜的鲸鱼会那么苦恼了，它现在动弹不得。

迪迪忧心忡忡地看着下降的水平面说：“卡尔洛塔说每天海湾都会因为落潮而干涸。”她以沉重的音调继续说：“如果它不能回到开阔的大海中的话，这只鲸鱼会深陷在海湾里。到现在为止是不是还没有人发现它？”

“这么浓的雾，没人发现它一点也不奇怪！”弗拉姆巴斯说，“但是它是怎样被困在这里的呢？”

“你们想让我问问它吗？”莴笋自告奋勇说道。

“为什么不呢？”果核戏弄她说，“你为什么不问问它，莫比迪克是不是它的阿姨呢！”

“你像往常一样，是个坏蛋！鉴于我……”

“嘿，发生什么了？！”弗拉姆巴斯盯着开始喧嚣的深色海水喊道。

所有人都向岸边移了一步，想看清这奇怪的一幕，看起来像是某个人在鲸鱼的周围鼓了气体一样。

“有东西在移动，那下面！”果核喊道。

“呜嘎—布嘎！”特罗戈罗点头说，“鱼群！”

“鱼群？”莴笋警觉地说，“天啊！或许是水虎鱼！它们在吃它吗？”

果核正要说：“水虎鱼是温和的水生生物，傻瓜！”勇敢的特罗戈罗已经跳到

水里去营救鲸鱼了，他还一边喊着：“呜嘎！我救你！”

“你要干什么蠢事，特罗戈罗？”弗拉姆巴斯对他喊道，“你不会游泳！”

特罗戈罗已经离开岸边一段距离，这时他从水中昂起头，惊讶地望着弗拉姆巴斯。

“我不会游泳？”他瞪大眼睛自言自语道，在那一刻，他似乎才发现这是个事实，然后他就开始疯狂地挥动双臂，在有人来救

他之前，他也许会被深邃喧嚣的大海吞没。

“哦，草率的精灵！”果核喊道，“这真是胡来！”

迪迪没有浪费时间，她跳到吉尔波的脊背上飞到海湾上空，开始寻找消失的特罗戈罗。

“特罗戈罗！”她声嘶力竭地呼喊着，“你在哪儿，特罗戈罗？”

“快！”与此同时，弗拉姆巴斯命令果核和莴笋道，“精灵之梯！我们试着下去直到找到他为止！”

绿细胞的成员很快就行动起来，他们想起了当他们还是新成员的时候，在林法多罗学习的课程。果核走进没过膝盖的水中，肩上支撑着莴笋，莴笋的肩上站着弗拉姆巴斯，弗拉姆巴斯尽全力向特罗戈罗消失的地方探身下去。然而可惜的是，果核不能承受肩上的重量，失去了平衡，结果三个人都掉在了水里，迪迪不得不转身去打捞他们。

当他们近乎绝望的时候，突然有个东西像炮弹一样从水里飞了出来，被抛到了岸上。

“特罗戈罗！”弗拉姆巴斯一边喊着，一边跑向奇迹般生还的特罗戈罗那里，他浑身上下盖满了绿色的藻类植物，还不停地咳嗽，嘴里吐出了白色的小鹅卵石和贝壳碎片，“发生什么事了？是谁把你从水里救起来的？”

这个小个子的穴居人的脸上露出奇幻的表情，最后指着大海说：“她‘咩’极了！嘿！那儿！”所有人都转向了他所指的方向。

穴居小矮人脸上洋溢着沉醉的表情回答道：“呜嘎！她好‘咩’！”

“咩？是一只羊救了你？”莴笋问道。

“不是，”他回答说，“她‘咩’（美）极了！呜嘎！那儿！”他指着大海补充道。

所有人都转过头去。一个蓝皮肤的纤瘦的身影在水中露出了半个身子，她长着一头银色长发，穿着一件闪闪发光的衣服。在她的周围，有十几个其他类型的蓝色生物。他们中的一些人戴着古怪的帽子，有些人穿着用珍珠母做的背甲，都恶狠狠地盯着那五个福尔西科精灵。他们有着水一样蓝的眼睛，

长着蹼足蹼手和尖尖的耳朵，和某个精灵非常相似……

“蠢笨的脑袋！”那个雌性的小生物愤怒地喊道，“丑陋多毛的怪物！讨厌的福尔西科！如果再让我看到你来这儿附近，我就把你踢跑，你明白了吗？！感谢我和我的兄弟们没有让你淹死吧！”说着她就沉没在蓝色的泡沫里了，她的同类们也跟随她消失了。所有精灵都沉默着，只有特罗戈罗用手做了一个飞吻并重复着“咩极了”。

“鼠尾草，皱叶欧芹加迷迭香！那些是谁？”果核带着调侃的微笑（类似表情也出现在莴笋和特罗戈罗的脸上），大声说道。“水族！”卡佩尔维内莱博士小姐的神情似乎是见过他们，她说，“他们是水族精灵，可以

说他们并不是我们的好朋友。”

“也有人叫他们‘咸的头脑’，”弗拉姆巴斯准确地说，很明显对他而言这也并非什么新鲜事，“但是我建议你们不要如此称呼他们，因为这会让他们非常愤怒的。”

“明白了，头儿！”萬笋肯定地说，“我们叫他们的名字就可以了，‘垂’（水）族！”

“根据你的判断，他们来这儿是为了鲸鱼吗，头儿？”果核猜测道。

“很有可能，”他回答说，“如果我所听到的关于他们的说法是真的，那么他们或许是唯一可以救这只鲸鱼的精灵。”

5. 说“鲸语”

不一会儿，水汩汩地重新涨了起来。

水族们重新在被搁浅的鲸鱼周围开始工作。迪迪估计他们至少有一百个，尽管他们用尽全力，但是鲸鱼只是一会儿无奈地靠着这一边，一会儿又倒向另一边，始终无法回到海中。

福尔西科们焦急地跟随着那些正在努力的水族精灵，果核甚至喊出他的建议：“从尾部！要从尾部推它！”

两个水族精灵咬牙切齿地从水中出现了。

“为什么水是蓝色的？”莴笋探着身子问。

“是‘海的药水’的颜色，”迪迪重新开始解释说，“一种水族指尖的油状物质。它与作用于植物的绿树汁液有着相同的效果，是作用于海洋生物的。”

果核脸上洋溢着崇拜的表情，然后他回过头发现，莴笋正浸没在水中，拿着一个类似小喇叭的东西，它是用布满疙瘩的干树枝雕刻而成的，她把一只耳朵贴在上面闭着眼睛仔细地听着。

“能让我们知道你在用那个东西搞什么鬼吗？”他用平时那种粗鲁的方式问她说。

“它不是一个东西！它叫斯里阔弗诺，用来听水生生物的声音……”

莴笋抬头望着天空说。

“啊，是吗？那你听到什么了？”

“鲸鱼说的话！它刚刚回答水族说他们的蓝色药水对它的脊背有好处！”

“你的脑子里一定长松子了！一个像你一样的福尔西科是不会懂‘鲸语’的。”

“恰恰相反的是我懂！当然，如果你想见识一下的话，我懂很多种其他动物的语言：蜗牛语、野猪语、鸭语……”

“别吹牛了！”果核制止她道，“你在哪儿能学到这些呢？”

“在中级绿色学校！林钗阿罗教授带我去和小动物们说话，这样我就学会了，你想

让我展示一下吗？现在我就让鲸鱼移动左边的鳍来打湿你！”

“来呀！”果核挑衅地说，“我真的很好奇！”

莴笋将嘴靠近斯里阔弗诺，然后贴近水面！她断断续续地向水里吹着气，不一会儿一股咸水柱就把果核从头到脚浇成了落汤鸡。

所有精灵都瞠目结舌，盯着莴笋就好像第一次见到她一样。

“真可恶！”果核浑身滴着水喊道，“那么这是真的了！”

“再好不过了！”弗拉姆巴斯赞扬她说，“将来这一定有用。加油！莴笋，告诉我们下面发生了什么！”

莴笋遵从了他的命令并毫不费力地翻译了鲸鱼和水族之间的对话，很显然水族会说所有海洋动物的语言。

“他们让它平静下来……现在他们正试着按照那个长着大牙的绿脑袋说的那样，从尾部推它。”被触怒的果核的脸沉了下来，“它叫艾米……是雌性的。它回答说带子勒得有些痛，它肚子痛。哎呀！现在它正在低声哼唱着。他们让它试着唱歌，这可以使它平静下来……哦……它停下来了……听不到它的声音了……”莴笋一边从水中拿出斯里阔弗诺一边说。

“大海也不再沸腾了。”果核指着海面说。

“发生什么了？”弗拉姆巴斯担心地问。

“我不知道，但我一点也不喜欢这种情况……”迪迪说。

真相不久就显现了。不一会儿，十几个水族的头就像软木塞一样从大海里冒了出来，围在了鲸鱼的旁边。最后一个出现的是那个长着银色头发的小精灵，她以忧郁的神态望着那只鲸，而后慢慢地游走了。她后面跟着的一长队水族精灵也直奔大海开阔的地方游去了。

“他们在做什么？”弗拉姆巴斯困惑地问。

“我不想说，但是我认为他们正在离去……”迪迪猜测说。

听到这些话，特罗戈罗跳了起来，开始绝望地呼喊领队的那个水族精灵：“呜嘎！别走！留下来！布嘎！”

而那个精灵都不屑于看他一眼。

“嘿！”弗拉姆巴斯插话道，他从一开始就反对参与这件事，“你们想去哪里？那只动物依然需要你们！嘿！”

很显然呼喊声起了作用，因为有几个水族回头看了他，并疑惑地窥视银色头发的小精灵的反应。最终，一个离她最近的男精灵靠近她并在她耳边嘀咕了一些话，只见她摆出一副愤怒的架势。最后两个强壮的同伴护送她回到了福尔西科们面前，并停在了安全距离处，像野猫一样仔细观察着他们。

“你以为你是谁，绿脑袋，还敢向我们发号施令？”她向弗拉姆巴斯喊叫着。

福尔西科们无言地站在那里，而迪迪·卡佩尔维内莱坚决地回答：“冷静一点，小美人鱼！这里没人想要发号施令，我们呼唤你们只是因为你们把那只鲸鱼丢在了困境之中。没有别的原因。而且我们不喜欢你叫我们‘绿脑袋’！”

小蓝精灵用两只冒火的眼睛怒气冲冲地盯着迪迪，但是迪迪不是那种会低头的人，她也面无表情地盯着她，直到年轻的水族做了让步并咬牙切齿地答道：“我们已经尝试了所有的办法，但是鲸鱼似乎无动于衷，也不能配合我们，似乎有什么东西妨碍了它的移动。肯定是因为某个无鳃物种发明的该死的机器，我和你们打赌！”她愤怒地咆哮着，然后低下了头悲伤地说，“我们已经对它无能为力了……”

迪迪注意到她眼里充满了泪水，她为刚才用那种语调说话感到很抱歉。特罗戈罗也注意到了她的神情，他的嘴唇也因感动而颤抖着。

“在傍晚来临之前，大海就会完全退潮了，鲸鱼会没有水的。抛开无鳃的物种不提，”蓝色精灵擦干眼泪继续说道，“大雾一消散，他们就会发现它，就会一批一批地到来。我们不能留在这儿了，太危险了……”话音刚落，她就转身准备跳入大海中。

弗拉姆巴斯第二次阻止她说：“请你等一下！我一点也不想来戈洽海湾，但是我的同伴们一直坚持来这里，而现在我也在这儿了，我不想什么都没尝试就离开，或许如果我们把力量集中到一起，就能找到一个解决办法了，其实并不是所有的长腿族都是危险的，他们中的一些人是我们的朋友，此刻他们应该快到了。他们可以帮我们一个大忙，我向你保证。再尝试一次你觉得怎么样？”

那个水族精灵仔细打量着弗拉姆巴斯，就好像要透过他的外表读懂他的内心一样，然后用她那怀疑的眼神逐个打量着他的同伴们，并自问为什么要相信这么几个非内行的陆地精灵。当她看到特罗戈罗的时候，特罗戈罗正痴痴地盯着她，然后用他那毛茸茸的小手打着招呼，这无疑让她确信，这将是一场徒劳的冒险。

她摇着头，正准备重新沉没在水中，这

时候莴笋穿着那斑点衣服跳进了水中，愤怒地大叫着：“那么也就是说要我们去救那只可怜的鲸鱼了！你们走吧，走吧，水族先生们！我和我的朋友们会留在这里！”

她像一只小狗一样游到了鲸鱼的旁边，她靠近它并温柔地抚摸它，在水面上低声向它说着什么。比起鲸鱼，果核更担心他的朋友，他跟着莴笋，特罗戈罗也跟了过去，忘记了刚刚差点溺水的风险，又跳进了海里，胳膊下面夹着两个旧塑料瓶来保持身体的平衡。

水族精灵们困惑地看着那三个紧紧靠在鲸鱼周围的森林生物。水族的那个女首领好奇地停下来观看这个场面，她心事重重地犹豫了一会儿，然后打破沉默说：“我同意，福尔西科，我们试试吧，但是你们必须远离

那些无鳃生物！”

“也包括我们的朋友吗？”弗拉姆巴斯坚持道，“我向你们保证他们能帮助我们！”

“你如此确定？”小蓝色精灵以挑衅的语调呼喊着，“那么让他们看看他们做了些什么，他们让这只可怜的动物迷路了，而且我敢肯定，这是他们同类的过错，一定是他们造成的！你们只有一晚上的时间，明天黎明，我们无论如何都要离开了，你明白了吗？”

“明白了，”弗拉姆巴斯点头说，“谢谢你。”

“你可以叫我阿尔加莱尔，如果你愿意的话。你们呢，有名字吗？”

6. 皮诺曹的故事

尴尬的自我介绍突然被弗拉姆巴斯提到的三个长腿族成员的到来打断了。尽管有福尔西科的保证，水族们还是快速地消失在水下了，当然也没有那么快，然而……

“我的天啊！”欧拉乔用手指着大海喊道，“那些是什么？”

“那些……东西？”绿细胞组织的精灵头儿装聋作哑地回答说。

“说吧，弗拉姆巴斯，”卡尔洛塔催促

他说，“我们看得清清楚楚的。”

是迪迪让他摆脱了窘迫的局面，“我认为我们可以告诉他们，弗拉姆，你不同意吗？”精灵心事重重地点了点头。

“福尔西科，”迪迪解释说，“并不是唯一的精灵群体，还有很多其他的精灵，分布在星球的每个角落里，在沙漠里，在极地，

在山上，甚至在海里。”

“然后这个呢？”欧拉乔·普莱斯科特脑子里一片混乱地喊道。

“他们是‘垂’族！”莴笋一边不满意地补充，一边抖动着湿头发。

“水族！”果核纠正她说，“他们来这儿是为了鲸鱼。”

“太神奇了！”提密斯满意地说，“你们知道他们会唱歌吗？”

“我不知道，但是鲸鱼唱得好极了！”莴笋重申道，“我刚刚还听到它们唱歌了。”

“是的，她懂‘鲸语’，”果核恼怒地说，“或许至少该这样说……”

“真的吗？”提密斯兴奋地说，“这真是一个突如其来的新闻！”

莴笋自豪地鼓起胸脯说：“它刚唱完一首非常忧伤的歌曲，歌曲大意是这样的，有七个萨尔黛莱，它们一个挨一个地游着，歌颂着它们喜欢的河口，月亮消失了，藏到了长凳下面，金牛座先是消失后又出现。但是我不很确定……”

“你当然不确定！我想检验一下！这样说不算数！从头再重复一遍……”

经过果核不断地尝试和不停地喊叫，最终他们成功地完成了原始的作品：

这是七个姐妹的故事，她们总是并排着游泳，在水中唱着歌，其中的一个迷失了方向，远离了鲸群，合唱开始走调然后寂静无声。

“听听多么美妙啊！为什么我没带上录音设备呢！”提密斯失望地说，“你们想想

都有什么类似的东西可以放进我的‘水之交响乐’中！”

“别再提你的交响乐了，我觉得现在这里的问题更加重要。”卡尔洛塔指着那只鲸鱼责备他说。

“这件事更加紧迫，”欧拉乔想了起来，“已经退潮了，我个人认为最好通知海岸巡逻人员，或许他们能够在海湾完全变干涸之前将鲸鱼拖到开阔的大海中去。已经只剩下几个小时的时间了……”

“如果人类把情况变得更糟糕呢？”弗拉姆巴斯提出异议说，“为什么我们不让水族试试呢？”

“让精灵来完成这件事？”欧拉乔瞪大眼睛说。

“我很尊重你们的说法，我的小朋友，但无论如何那是一只鲸啊……”

“水族是大海的居民，”迪迪说，“他们了解这片海域就像了解他们兜里有什么东西一样，这也不是他们第一次完成这样的任务了。”

“他们刚才已经为我们提供帮助了，但是要他们继续帮助我们的唯一条件就是，长腿族要远离这里！”弗拉姆巴斯有些伤心地说。

“那如果不起作用呢？”欧拉乔长官困惑地坚持道。

“那么我们人类远离这里吧……”

“但是万一来不及呢？”植物园守护者担忧地望着水面说，“与此同时我们也应该做些什么。”

“事实上他们问我们一件事……”弗拉姆巴斯示意说，“他们希望我们找出这只动物迷路的原因，他们确信这是人类的错。”

“有可能，但是为了得到真相我们该怎么做呢？”

那一刻提密斯脸上露出了光芒：“我知道

谁能帮我们……”

一会儿他们就从那里分开了。

海边只剩下拿着斯里阔弗诺的莴笋和固执的果核，特罗戈罗和他那破碎的心：世界上再没有什么理由能让它远离阿尔加莱尔了！弗拉姆巴斯和迪迪乘坐吉尔波重新回到温室：一是为了查看一下那些植物，二是为了去取毕业时她父亲送给她的放在植物箱子里的草药，如果那种物质对精灵起作用的话，她想，或许它们可以帮助鲸鱼！

欧拉乔、提密斯和卡尔洛塔回到家里吃饭，约好了一起去见那个他们认为可以帮助他们的人：莱斯特·拉姆普兰达，爸爸的海洋学家朋友。

长腿族刚一离开，水族们就兑现了自己

的诺言，行动起来了，幸运的是大雾还像一堵墙一样环绕着戈洽海湾和港口附近的海域，这可以使精灵的工作不受打扰。

特罗戈罗目不转睛地看着鲸鱼旁边那条小美人鱼，与此同时努力尝试发出她名字的音，尽管结果不尽如人意：加来尔……加拉尔……咖喱莱尔……拉里莱尔……

“来给我们帮个忙，特罗戈罗！”果核生气地喊他，“你先试着叫她‘咸脑袋’！”

特罗戈罗向他咆哮，露出了他那黄色的大牙，然后自言自语地离开那里，到沙滩上捡垃圾去了。

“让他静一静，可怜的特罗戈罗！”莴笋插话说，“他至少会做些事，而我却无聊地待在这里无所事事，我为什么不给小鲸鱼讲个

故事呢？给它点精神上的安慰也好！”

“去吧！如果把头浸在水中你觉得开心的话……”

莴笋拿着她的斯里阔弗诺跪在沙滩上开始窃窃私语。刚开始，水族们无法容忍这种干扰，之后他们中的一些精灵也开始听故事，有的精灵甚至注意到，莴笋那绿脑袋一移动，哪怕是一米，鲸鱼也会和她一起扭动一下身体。

“嘿，小精灵！”阿尔加莱尔从蓝色泡沫里露出头突然叫她说，“你能一边向海湾的入海口处靠近，一边讲述你的故事吗？我感到艾米在跟着你走……”

“可以，阿尔加莱尔小姐！但是您还没听到水下那令人讨厌的哨声吗？”

“别管那口哨声了，我担心的是退潮，因此你得动起来，明白吗？”

“哎，您不要这样对待我的朋友！”

果核坚定地插话说。但那个水族精灵早已扎进海里了。

莴笋眨着眼睛惊讶地对果核说：“我真的是你的朋友吗？”

“当然，”果核尴尬地承认，“虽然有时候你让我很生气，但跟这件事没关系。那么，你要给艾米讲什么故事呢？”

“当然是被鲸鱼吃进肚子里的皮诺曹的故事啦！”

“你疯了！你确定选择的是正确的故事吗？”

“它很喜欢，尽管它对我解释说它不会吞食人类。水族精灵也很喜欢，知道吗？他们说他们从未听过这样的故事。”小精灵莴笋继续吹着她的小喇叭。

随后，莴笋的声音起了作用，但还是不能使鲸鱼掉转方向。水族们拖着筋疲力尽的身体回到了岸边。

“我就说问题出在哨声上。”莴笋坚持道。

“我已经和你说了，这与哨声无关，绿脑……嗯……莴笋，”水族精灵的头儿反驳道，“现在只有一件事能做了……”

“是什么呢？”果核疑惑地问道。

“到了请求支援的时候了……”水族精灵闪烁其词地说，并向她的同伴们做了个手势。

不一会儿十几个水族精灵拿下头上的贝壳饰物，把它们放到水中，然后开始用尽力气向水里吹气。在水上你听不到任何声音，但可以看到声波通过大海向海平线方向传去。只有莴笋把耳朵贴在她的斯里阔弗诺上面听着。

又过了几分钟，在波浪间隐约看到巨大的背鳍快速地朝戈洽海湾驶来。

特罗戈罗匆忙地跑到岸上想看清眼前的景象，他用其他两个在海滩拾到的塑料瓶做成了一个救生用具。

“海‘顿’（海豚）！”他刚一认出它们就嘟哝道。

7. 前额上的橡子

阿达姆·巴伯为周日的午餐准备了蘸着面包屑煎熟的鳕鱼鱼排。

卡尔洛塔和提密斯，不知为什么，很不情愿地把鱼排吃完了。事实上，平时在这种情况下如果再配上一大盘的炸薯条他们会疯狂地美餐一顿！

幸运的是，甜点中有他们两个都爱吃的奶油焦糖布丁。

“爸爸，”提密斯在午餐快结束时问道，

“你觉得，我能在星期天去打扰你的朋友拉姆普兰达吗？”

“莱斯特？正常的情况下，他会睡在实验室！除了工作他不会想其他的事情……”

“这倒是让我想起了某人……”卡尔洛塔看着她的爸爸讽刺地说，然后就去给占据大厅中央的大水族池里的鱼喂食了。

每周日在大厅里吃饭的安排，是妈妈在出发去新几内亚做她最后一次科学考察之前

制订的，从那以后她就再也没有回来。一周期间他们总是匆匆忙忙地在厨房吃饭，而且经常是在不同的时间。

“够了！”有一天妈妈说，“一周至少要一起吃一次午餐！从下周开始改变我们的习惯吧！”

于是，尽管现在只剩下三个人，这样的习惯依旧保留着。

“那么你的意思是我可以给他打电话是吗？”提密斯又问道。

“是的，你给他打电话他会很高兴的。你要干什么呢？”

“哦，没事……我从网络上搜集了一些声乐样本，我想让他听一听。我觉得是有关鲸鱼的……”提密斯说了谎，他敢肯定如果

他爸爸知道了他去拜访的真实目的，他一定不会让他去的。

“鲸鱼？太神奇了！妈妈非常喜欢鲸鱼，体型那么大但是一点也不设防。”

“如此的不设防以至于人类残酷地捕杀它们！”卡尔洛塔说，“真让我生气！”

“是的，”阿达姆·巴伯思绪万千地点着头说，“莱斯特正为拯救鲸鱼而像狮子一样进行着战斗！你可以给他打电话，他会非常高兴的。也告诉老欧拉乔一声，我觉得他会喜欢那种类型的音乐的……”

当弗拉姆巴斯和迪迪第二次到戈洽海湾查看时，大雾开始变稀薄了。

“那下面发生了什么？”坐在吉尔波上的他们警觉地问。

大地依然没有什么变化，但从上面看，水面上一直沸腾着白色的泡沫。

“那些应该不是水族精灵，”迪迪皱着眉头说，“它们更大一些！”

他们开始下降，最后降落在离海岸很近且朝着大海的一块巨大礁石上面，在这里特罗戈罗、莴笋和果核也在兴奋地观察着同样的情景。

“你好，头儿！你带回什么好吃的东西了？”饥饿的果核问道。

“现在先别提食物了，”弗拉姆巴斯冷冰冰地说，“告诉我发生

什么事情了！”

“那些咸脑……嗯……水族们搬来救兵了！很厉害，对吧！”

“它们是海豚，头儿！”莴笋微笑着解释说，“很多又大又厉害的漂亮海豚！它们在尽全力把鲸鱼推到大海里去！”

“加油，朋友们！”莴笋大喊着，她差点掉进水里去。

“它们能行吗？”弗拉姆巴斯一把抓住她的胳膊问道。

“还不知道……不过它们在不停地跳跃！快看，头儿……”

弗拉姆巴斯和迪迪也站在那里，入神地看着那些闪闪发亮的、在水柱和白色泡沫间滑动的背鳍。海豚时不时地用尾巴强力拍打

水面，与此同时那只鲸也突然跳出了水面。

“哦哦哦！”莴笋和果核齐声喊道，就好像他们看到了一只斗牛。

特罗戈罗也欢呼着，但是他的眼睛一直没离开过骑在一只海豚上的阿尔加莱尔，她就像一个骑着马的牛仔一样指挥着行动。如果仔细观察他们的朋友，就会从他的目光中猜到他的脑子里在盘算什么。事实上，不一会儿，他就向礁石的边缘迈了一步，当一只

海豚从他下面经过的时候，他就像往常一样一边喊着“呜嘎—布嘎”，一边跳到了海豚的脊背上。

“停下来，特罗戈罗！难道你没长脑子？！”弗拉姆巴斯看到他的举动时喊道。太晚了！他就像一个年轻的牧人跳到亟待驯服的马上一般，跳到了海豚身上，这时，海豚开始挣扎，并像一匹小野马驹一样跳跃着，用尽办法想把他摔下来。特罗戈罗坚持了

几秒钟，绝望地拍打着海豚的脖子，海豚使劲儿一震，将他甩回到了礁石上！特罗戈罗挥动着他的小手，说道："再见，再见！"然后就晕了过去。迪迪使他醒了过来，并留在他身边帮他消除头上撞起的肿块。而弗拉姆巴斯则走到岸边，崇拜地看着那些海豚，而海豚则在鲸鱼的一侧排成行，一起用尾巴激起高高的水柱向前推动着它。

“我们真的什么忙也帮不上吗？”看着正在消散的大雾，精灵担忧地问道。

“或许你可以劝阻那只船不要来这儿，头儿！”果核指着一艘正在朝海岸驶过来的小摩托艇说。

“快，迪迪！”弗拉姆巴斯喊道，“叫吉尔波！赶快起飞！特罗戈罗，拿上你的弹弓，快！”

欧拉乔在驾船方面有一定的经验，当他还是一名年轻的部队军官时，他就奉命在一艘驱逐舰上训练了好几个月的时间。其中很多时间都花在厨房里给土豆去皮上了。剩余的时间，上司让他在各方面都涉猎一些，包括查看航向和掌舵。准确地说，他就是那个站在“海洋之耳”（海洋研究中心的试验船）

甲板上控制航船的人。阿达姆·巴伯之前说的是有道理的：将军和海洋学家就立刻联系在一起了。拉姆普兰达一看到欧拉乔那云朵一样乱蓬蓬的黑头发，和玻璃瓶底一样的厚眼镜，以及它们后面的那张脸时，提密斯就对他说："您长了一张经验丰富的水手脸！小船就交给您了！"于是他和提密斯从甲板上消失了，去摆弄一个探测海底声音的精密的电子仪器。很明显，他和那个小孩子也很快联系在了一起，或许是因为他们都穿着五彩缤纷的衣服，才使他们如此相似。

欧拉乔正和卡尔洛塔在一起，他们的任务是用照相机对准海面。

"我们到了，"将军指着海岸说，"那下面是戈洽海湾。"

“快看，欧拉乔！”小姑娘一边进行远距离对焦一边喊道，“那些是海豚！靠近点，快！”

“你确定要这样做吗？潮汐一直在下落，我们周围会没有水的！”

“就一点，求你了，我不会再有这样的机会了！”她不断地按着快门回答道。

“好吧……把发动机开到最小，我慢慢地靠近……”

欧拉乔极其谨慎地向前行驶着，突然有东西打在了他的前额上。

“哎哟！”将军喊了一声向高处望去，“究竟发生了什么？”

“怎么可能！是一个橡子！”卡尔洛塔从地上捡起“子弹”说，然后立刻向高处望去。

“特罗戈罗！”他喊道。他最终认出了那个骑在鸽子上用弹弓对准他们的小穴居人。

特罗戈罗一听到叫声，脸立刻红得像个辣椒，嘴里嘟哝着，承认了自己的错误：“是我的错……布嘎！对不起……”

不一会儿，在空中，迪迪和弗拉姆巴斯

从吉尔波那满是羽毛的脖子后面探出身来，脸上露出惊讶的表情。

“你们在船上做什么？”精灵问道。

“我们跟着拉姆普兰达教授来的，那个海洋学家。”卡尔洛塔回答说。

“他在哪儿？”

“他和提密斯在下面。他们正在听大海的声音。”

8.
无鳃物种的到来

拉姆普兰达和提密斯在一个满是示波器、调节器和刻度尺的大棚子下面。

“这是一个含磷电路光谱分析泵，”海洋学家对入迷的孩子解释说，“多亏了那种特殊的吸盘水听器，它可以分辨出距离异日城港口一百二十英里以内的任何声音。换句话说，如果有什么东西干扰我们的鲸类动物，这东西一定可以探测到它！”

“多维空间的！”提密斯兴奋地喊道，

“快打开它，拉姆普，快！”

“很高兴这样做……”那个人答道，并抬高了发声器。

一连串的声音充满了棚子，提密斯兴高采烈地用文字记录着。

拉姆普兰达闭上眼睛说：“你听到了吗？这是鲸鱼的歌声……这声音的确非常微弱……而这个声音，乒，乒，乒……至少来自离海岸二十英里的地方……现在它消失了，不，还在……乒，乒，乒……是一种声波……但不是通常的那种声波……这种声波有种不寻常的频率……我认为是超声波！等一下……还有一种……这声音是不同的……是另外一种……该死的！这是有多少种啊？！在这附近我数到的有……十二个！”

“它们是从哪里传来的？”提密斯问道，“潜艇？军舰？”

“不，排除这个。没有部队会来这里。”

“那么是？”

“渔船。”

“渔船？他们用声波做什么？”

“他们用这个来分辨大西洋的鲱鱼群，但根本就做不到。我们已经密切关注他们一段时间了，而且也通知了海岸警卫队，但他们

一看到警卫队就迅速关闭了机器并将它们藏了起来，谁也找不到。谁也不知道他们是怎么做到的！”

“这个可以干扰到鲸鱼？”

“一种声波或许不能，但是十二种声波同时作用就会像不停地在那个可怜的动物的脑袋上进行敲打一样。我们要查出它们都藏在哪里，并且把它们一次性都关掉。但是这并不容易……”

“而且时间很紧迫。”提密斯明确地说。

就在那时传来了一声巨响，小船停滞不前并诡异地吱吱作响，提密斯和莱斯特向前一跃，扑倒在了木地板上。

“哎呀，撞死我了！”小孩一边揉脑袋一边埋怨道，“发生什么了？”

“不知道！”拉姆普兰达回答说，“我只希望那些仪器没有损坏……”

他们登上小船的甲板，看到欧拉乔正在忙乱而徒劳地摆弄着舵。

“发生什么了，将军？”海洋学家警惕地问道。

“我们被搁浅在这儿了，该死的！有些精……嗯，有些鸟分散了我的注意力，因此我没发现这地方水太浅。潮汐已经几乎退尽了……”

“太可惜了，我们都已经到了，”卡尔洛塔说，“快看那儿，教授……”

“鲸鱼！”拉姆普兰达大叫一声，“它是在哪儿被捕捉到的？好可怜！而那些……那些是海豚！”然后他认出鲸鱼周围的十几个银色的背鳍，补充说，“它们靠海岸这么近，究竟在做什么？”

“不知道，但我觉得它们不会在这里停留太久的……”提密斯转身说道，“你们看看我们后面……”

所有人都转过身去：在他们背后已经有三四只船，他们似乎发现了鲸鱼和海豚，因为他们都浩浩荡荡地朝戈洽海湾开过来了。

“几分钟过后这里将变成一个热闹的集市。”教授抖动着他那乌黑浓密的头发说。

弗拉姆巴斯几乎绝望了。长腿族的突然到来给他当头一击。他们太多了，尽管弗拉姆巴斯和特罗戈罗用橡子攻击了先到的那些船只，但很快就会有更多船只来到戈洽海湾。

阿尔加莱尔和她的水族们已经看到了，当她刚一听到近处几个发动机的响声的时候，她就下令她的同伴们做好撤离的准备，并且对海豚也下了同样的指示。

“嘿，你们在做什么？”弗拉姆巴斯看到他们放弃那片区域的时候问道。

“结束了，年轻的福尔西科，你的无鳃物种朋友们来了！”她讽刺地冷笑着回答说。

“你们等一等，别草率地做决定！或许我们还能把他们赶走……”

“你给我好好听着，弗拉姆巴斯·格林，”阿尔加莱尔怒视着他说，“对于这只鲸我们无能为力了，但如果你不再浪费我的时间，也许我还能救我的同伴们和这些海豚。所以现在别再挡路，让我们离开！”

于是，五个福尔西科只能站在礁石上，默默地看着那些精灵们放弃营救，排着长长的队伍离开。每一个水族精灵在经过鲸鱼的时候，都抚摸一下它的背鳍，给它留下些海的药水。海豚们跳跃着，回到开阔的大海中，很快就消失在海平线了。

“特罗戈罗，”还不想放弃的弗拉姆巴斯说，“你去从空中跟着阿尔加莱尔，尽量不要让她发现你。我想知道他们要去哪里……”

无须重复第二遍，那个小野人经过两三次失败后，终于跳到了咚弗的背上，开始起飞了。

9.
弗拉姆巴斯的计划

很容易预见到，不到几个小时的时间，戈洽海湾就发生了一场风暴。

从海上驶来了几十只船，陆地上也来了几十个人：港口的人们、执法部门、老渔民们、海警巡逻队、环境保护者、趋之若鹜的记者和好奇的平民百姓。所有人都跑过去观看那只搁浅的巨大鲸鱼，想知道它是为什么又是怎样来到异日城沙滩的。

幸运的是，由于退潮，那些船只必须停泊

在距离海湾入口几米以外的地方，而那些从海岸来的人们则可以靠近鲸鱼并且抚摸它。

“放开那可怜的鲸鱼！”莴笋从藏身的礁石间喊道，“它的皮肤很娇嫩！”

不一会儿，警察让人群散开了，并规定只有少数人能够进入那片区域。拉姆普兰达被允许进入，他还带了欧拉乔和巴伯姐弟俩。他们来到海边，又走到了那片干涸的区域里。拉姆普兰达靠近鲸鱼，站在一侧，为那些开始行动的人提供支援和指导。“给它不停浇水，我得嘱咐你们，你们必须保持它的皮肤湿润！”

“坚持一下，小鲸鱼！”提密斯靠近它，低声对它说。鲸鱼睁开一只眼睛，然后用喷水孔忧郁地长叹了一口气。

突然间，卡尔洛塔注意到礁石中间有一个闪闪发光的东西。“快看，嘿！”她低声对她弟弟说，不想让别人听见，“那下面……”

趁拉姆普兰达正忙着和大家一起商量营救办法，并发号施令时，两个小孩子偷偷地靠近了那个闪闪发光的东西。

“弗拉姆巴斯，我的朋友们！”卡尔洛塔在礁石的阴影里隐约看到了那些精灵，喊道，“你们在这儿做什么？太危险了！”

“我们不能让艾米一个人留在这儿！”迪迪回答说，“你们发现什么了吗？”

“嗯，那些水族精灵最后怎么样了？”

“他们不得不离开了——这儿的人太多了。不过我已经派特罗戈罗去跟踪他们了……”

“快，快藏到里面去！”卡尔洛塔打开

她那装有照相机的大背包说，“我带着你们会安全一些。”

“那鲸鱼呢？”

“我们需要一个计划，但是我们不能在这儿筹划这个计划。”

弗拉姆巴斯犹豫了一下，但现在除了跳进卡尔洛塔的大包里别无选择，于是精灵们跟着他一起跳了进去。

当他们回到拉姆普兰达那里的时候，他

给他们提供了意想不到的帮助，他说：“哦，你们在这儿！你们听着，我必须留在这里协调急救工作。你们让欧拉乔看到潮水涨高一点的时候，就回到‘海洋之耳’的甲板上。我可不希望让你们的父亲担心。你们同意吗？”

虽然巴伯姐弟俩不太愿意，但装作没有意见的样子。最后所有人都聚集在那只舒服的小船上了，提密斯趁机迅速钻进了船舱里，去摆弄那些神奇的装置。迪迪吹响了她的口哨，那只鸢吉尔波飞了过来栖息在船的把手上。不一会儿朱莱拜也飞了过来，不过是因为闻到果核口袋里那个腐败的鱼头的味道而被吸引过来的。除了咚弗，其他人都到齐了。

“你们快看！”莴笋突然间喊道，“那

个是特罗戈罗！”

只看到一只大鸽子正朝他们的小船摇摇晃晃地飞过来。果核摘下他的小帽子向他使劲儿挥舞，想让他看到。特罗戈罗认出了他，但是还没来不及回答，他和咚弗就摔在了“海洋之耳”的甲板上。

这次同样需要费点时间，特罗戈罗才能从一团羽毛和毛发中挣脱出来。

“你发现什么了吗？”弗拉姆巴斯一边扶他站起来一边问他说，“他们走得远吗？”

“不远，近的……呜嘎！那儿……岩洞！”特罗戈罗指着戈洽海湾那边的一个山坡说。

“我就知道他们不会丢弃我们的！”弗拉姆巴斯拍手说。

整个下午，收音机和电视播报的都是

关于鲸鱼和对它的紧急救助工作，比如，专家和自然主义者所提供的帮助，环境学家对屠杀动物和海洋环境污染的抗议，市民要求人们离开那可怜的鲸鱼的提议，还有提供救援意见的人，市长拉尔夫·德·利洛承诺提供帮助并表示他对于所发生的事情感到很痛心。总之，时间越久，混乱就越严重。

然而，快到傍晚的时候，船只一个个离开了，人们都相继回家了，戈洽海湾又变得空空如也了。电视报道说，技术人员最终做出一个决定：第二天他们打算使用那个专门放置在港口的大型起重机将鲸鱼抬起并移走。在鲸鱼一动不动的身体周围，除了那个早早钻进小汽车里打盹儿的警察之外，只剩下莱斯特·拉姆普兰达和几个志愿者。

TV
BBG TV
拯救
鲸鱼
拯救
鲸鱼
TV

只有“海洋之耳”不顾拉姆普兰达的命令留在了附近：甲板上没有人打算离开这里。提密斯让其他人听了好几遍鲸鱼的声音和使鲸鱼眩晕的声波，并不断重复着海洋学家对他所说的话。

“为什么不通知海岸巡逻队？”欧拉乔坚持道。

“应该是没有用的，”小男孩解释说，“一看到巡逻队，渔民们就让他们那些仪器消失。没人知道他们是怎么做到的……”

“嗯……”欧拉乔若有所思地答应着，和其他人一起留在那里绞尽脑汁地寻找着解决办法。

然而，当太阳缓缓升起的时候，他们

决定回到港口，就像事先决定好的那样。

“你说的那些渔船距离这里多远？”弗拉姆巴斯问提密斯说。

“大约十五英里，方向西南。”

“也就是说？”弗拉姆巴斯没有明白，再次问道。

“那里！”小男孩伸直手臂指着，“一直向前！”

“你在想什么，弗拉姆？”很了解他的迪迪问他说。

“我们都知道，当渔民一看到有船只靠近的时候，他们就会让那些该死的仪器消失。对吧？”

“对！即使他们看到我们，他们也会这样做的。”

“那么如果他们看不到我们呢？”

“你想说什么？”

弗拉姆巴斯解释了他的想法，所有人都觉得这是一个好主意。或许这是唯一一个他们能想到的办法了。总之很值得一试。

于是他们就向西南方向进发，刚一看到捕鱼的小船队，弗拉姆巴斯就让欧拉乔停了下来。

“嘿，他们已经关掉声波了，那些狡猾的坏蛋！”提密斯从船舱喊道，“再靠近已经没用了！”

“我同意，”弗拉姆巴斯笑着说，“我只是想证实一下。您不妨换个方向，船长，假装您的航向是朝另一个方向……”

欧拉乔掉转船头向其他方向驶去，刚与捕鱼船队隔开一些距离，提密斯就示意，那些声波又开启了。

“非常好！”弗拉姆巴斯镇定自若地说，“现在，欧拉乔先生，您可以把我们留在我们指定的那个地方了。而你们，我的朋友们，准备起飞……”

不一会儿，“海洋之耳”靠近海岸，转向了港口，而五个勇敢的精灵乘坐着海鸥、鸢和鸽子又开始起航了。

10. 冲啊！

福尔西科们在黑暗中行动更让他们感到舒适，不过也要看哪一种黑暗。例如古老的原始森林中的黑暗对于他们来说就没有任何问题：他们可以借助洒落在植物表面的月光来确定方向，或者借助苔藓的气味和猫头鹰的叫声。但如果那种黑暗是来自海上的岩洞，情况就不同了，这里除了波浪拍打礁石的声音，什么也听不到。

“你确定他们是进入这里了吗，特罗

戈罗？”弗拉姆巴斯从吉尔波的背上下来问道，他小心翼翼地望着周围。

“呜嘎—布嘎！”精灵骄傲地点着头说。

“头儿……”莴笋呜咽着说，“我有点害怕……”

“离我近点，莴笋，”迪迪安慰她说，用臂弯拥着她的肩膀，“现在我们弄点光亮吧……”

说着她用一块暗黄色的树皮在岩石壁上摩擦，然后出现了微弱的噼噼啪啪的声音，接着很快燃起了火，一种绿色的火焰点亮了整个岩洞。

“硫黄地蜡的种子……”她漫不经心地向其他惊讶地望

着她的精灵们解释说。

“你们来这儿干吗？”一个恼怒的声音喊道，“我觉得我们之间没有什么好说的了！”

在一块岩石的凸角后面，一个长着银头发的蓝色身影皱着眉头盯着他们说。

“阿尔加莱尔小姐！”莴笋认出她之后大喊道。

一见到她，特罗戈罗就深吸了一口气，自言自语地重复着：“‘咩’，‘咩’极了！”幸运的是那个水族精灵没有听见他说的话。

而弗拉姆巴斯的回答听起来不错：“听着，阿尔加莱尔！或许我们已经找到了惊扰艾米的东西，这东西使艾米迷了路。真的就像你说的：问题在于，渔民在偷偷地用一种

装置来寻找鱼群，而就是这种装置使鲸鱼眩晕而迷失了方向。”

“啊！我和你说什么来着？恐怖的无鳃物种！”

“但是我们知道此刻哪里能找到那些渔船，我们可以一起试着阻止他们使用那些可怕的仪器！”

“真的吗？你打算怎么做？”

“我……我们……我们有个计划！如果我们可以合作的话，成功的可能性会大一些……”

“‘可能性会大一些’？你是一个空想家，弗拉姆巴斯·格林！即使我们能消灭那些长腿族，你告诉我，我们如何才能把鲸鱼从那个地方拖出来？那个可怜的动物已经

用尽力气了……”

“我知道，但是潮汐又开始涨起来了！这就使得事情变得简单了。”

“那么那些停泊在港湾的船只怎么办？所有那些人？”

“几乎所有的船只和人们都离开了。靠近艾米的地方只有几个人。我们可以很容易地避开他们。这样，你觉得怎么样？”

小蓝精灵开始犹豫。她反复打量着那一

小群糊涂而慌张的陆地精灵，尽管那样，但他们从不放弃。她看到同伴们一个又一个地从水中出现，只等着她一声令下，他们就会投入战斗中去。最后，她问了自己的内心，觉得值得一试。

“我同意，年轻的福尔西科，我们会按照你说的去做。”

她重新把那个像贝壳一样的东西贴近水面，然后向里面吹气，她的同伴们立刻模仿

起她来。海豚们几分钟就到来了。水族精灵们跳到它们的背上，在阿尔加莱尔的后面排成了长队。

“你带路！”蓝精灵直视着弗拉姆巴斯说，“向我们解释你想要我们做什么……”

那是一个没有月光的晚上，就连渔民自己也不知道他们的上方和下面正在发生什么。

“快看，科纳特！一群海豚！”渔船一侧的一个水手探着头说，“但是骑在它们背上的那些蓝色的东西是什么？”

“哪些？我，我什么也没看见。”另一个人揉着眼睛透过黑暗仔细地看了看说。

“喏！在那儿呢，愚蠢的海豚！”第一个人尽力地驱赶着它们，“什么时候它们才能明白，它们得远离那些网！它们会被网缠住的！”

但是科纳特还没等它们离开，就对驾驶舱的水手们大喊了一声："准备好下降了吗？声波显示这下面有不错的收获！"

和其他福尔西科一起翱翔在船队上方的弗拉姆巴斯向阿尔加莱尔发出了同样的喊声：三声短促的哨声。刚一听到哨声，小蓝精灵就开始下沉，指挥海豚到渔船下面去。定位之后，水族精灵们就开始用海药水的黏合作用攻击船体（那还不是药水真正的功能，它能完美地攻击目标）。精灵们牢牢地粘在了渔船的船头处，在那里开始对他们进行反击。精灵们发现在船的龙骨下面隐藏着一个小的红色圆柱体，从舷孔里凸出来。

"它在这儿，鲸鱼们的干扰器！"阿尔加莱尔在水下咆哮着说，"我们把它们包起来！"

水族精灵开始对船队的十二艘船只进行疯狂破坏，他们扯去、打碎那些罪恶的装置并给它们包裹上一层黏糊糊的海药水。当无鳃物种的仪器显示有些东西没有正常运行时，他们就立刻行动起来。

“嘿，下面发生什么了？”指挥舱里的某个人喊道，“声波不工作了！”

“应该是那些该死的海豚惹的祸！”另一个人从甲板探身向外望着说，“它们怎么就不知道离远一点呢！”

“现在我让它们知道知道！”一个穿着大灰斗篷、体型高大的人喊道。说着他就抓起一根长长的木杆去使劲儿吓唬海面上那些高高跃起的海豚们。

很快其他船只的渔民们也开始模仿他，

但是那些海豚太过敏捷和灵活，很难被打到，它们为了不被击中而远离了那个人。

声波尽管还存在，但是在不停地跳动并沙沙作响。

“丑陋恶心的野兽！”最大船只上的指挥官喊道，“它们破坏了一切！要给它们好好地上上一课！”

那些渔民，狡猾的人，抓起甲板上所有

的鱼叉，开始对那些可怜的海豚发起一场真正的射击演习，而那些海豚刚一看到危险来临，就潜入海底消失在视线里了。

就在几分钟之内，水族精灵们便泰然自若地完成了他们的工作，一个接一个地，十二个“乒乒乒”的声音都完全停止了。

就在那一刻，为了避免其他损失，那些

无鳃物种决定撤退："把网提起来，快！最好离开这儿！"

骑在鸟脊背上的福尔西科们一看到那些船只撤退，就开始欢呼雀跃！弗拉姆巴斯的计划成功了！

水族精灵们也从水中出现，并向空中伸展双臂，做出胜利的姿势。这甚至比预期的

还要简单得多！

但是迪迪很快就发现有些不对劲儿的地方。“阿尔加莱尔在哪儿？”她不安地问道。

他们在海里上上下下地寻找着她，直到有精灵见到她那漂浮着的彩虹色衣服的碎片，然后拾起，除此之外小水族精灵没有任何踪迹。

就在那一刻，特罗戈罗发出了一声可怕的尖叫声：“阿尔尔尔！”他用脚后跟蹬在鸽子的一侧加速追击着船舶。没有人去阻止他。

事实上，其他福尔西科也跟随着他一起去了。

在那一刻，那些坏渔民正把网中的东西倾倒在甲板上：不同大小的鱼类在甲板上挣

扎着，而渔民们根据种类把它们挑选出来，然后把那些不需要的再扔回海里。

特罗戈罗像个疯子一样从一个船只踉跄地飞到另外一个，在距离水手们的耳朵只有几厘米的地方疾驰着。然后有人发现了她！一个穿着灰衣服、面相凶恶的人发现了她，拿着她的一条腿把她拉起来，饶有兴趣地观察着她说：“嘿！你们快看一下，我捉到了什么！一条长着银色头发的鱼！”

“挺可爱的！”另外一个渔民靠近说，“你把它给我吧。看到这样的东西，我女儿一定会乐坏的！”

“没门儿！我先找到的，我会把它拿回家的！”那个穿着灰衣服的凶恶的人说，他把

小精灵像战利品一样举在了空中。阿尔加莱尔头朝下摇晃着，失去了知觉。

特罗戈罗没有错失良机：他装上弹弓，将子弹狠狠地准确地打在了紧握小精灵的那个水手的手背上。

“哎哟！”那个人缩回手臂尖叫着。阿尔加莱尔被扔到了空中，但是在摔到甲

板上之前，特罗戈罗已经在空中接到了她，并以极快的速度离开了，让那两个水手大失所望。

“那……那是什么东西？”第一个男人揉着疼痛的手背问道。

“一个骑在鸽子上拿着弹弓的小野人……”另外一个人本想这样回答，但是他却一个字也说不出来。

11. 第一天早上的梦

与此同时，潮汐已经重新打湿了异日城前方的海岸并充满了戈洽海湾。

第一个回来的人是特罗戈罗，臂弯里抱着阿尔加莱尔。在着陆的过程中，他威胁咚弗：如果它操作失误的话，就打它的脖子。或许是因为害怕，又或许是因为已经有了这样的本领，可怜的鸽子成功地奇迹般地站着降落了。

这时候一个接一个地，其他精灵也到达岸边，他们相信，艾米已经摆脱了“乒乒乒”

的声波的干扰，可以敏捷并活跃地准备重新跳进开阔的大海了。然而可惜的是，事情并不是这样的：由于长时间静止不动，离开深水几个小时和人们的来来往往，这只动物已经完全没有力气了。拉姆普兰达教授已经不抱希望，他离开最后两个筋疲力尽的志愿者，冻得瑟瑟发抖，最终钻进了警车里，在后座上睡着了。

水族们和福尔西科不知道应该待在虚弱的鲸鱼身边还是在受伤的阿尔加莱尔身边，

他们混乱地在两者之间来回移动着。

特罗戈罗将小精灵抱到了海湾一个隐蔽的地方，当迪迪靠近她、查看她的情况时，就留在那里守护她了，他紧张地咬着手指。

“她的手臂伤得很严重……”

卡佩尔维内莱小姐一边语气沉重地低声说着，一边打开了她的胡桃急救箱。

她非常明白，治疗植物和治疗精灵不是一回事（准确地说是水族精灵），但是已经没有太多选择了。

“抬起她的胳膊，特罗戈罗。缝合伤口会让她有点痛……”

知道阿尔加莱尔在最好的医者手中时，弗拉姆巴斯就由莴笋、果核和十几个已经学会信任他的水族精灵护送而回到了鲸鱼那里。

“加油，艾米！”他试着鼓励它说，“那些令你讨厌的声音已经不存在了。用点力！从这里出去！”

莴笋也开始用她的那个斯里阔弗诺嘀咕着鼓励的话：“加油，小鲸鱼！为了我！游吧！”

与此同时水族精灵们也开始在它的周围推它或拉它。但是结果总是一样的：艾米不再动弹了。

“它没有死，对吧，头儿？”莴笋悲伤地问道。

一个水族精灵把耳朵贴在鲸鱼的一侧，并向她点了点头，让他们放心。

“它的心脏还在跳动，”弗拉姆巴斯说，“但是似乎艾米不想再战斗下去了……”

又过了一段时间，什么也没发生：鲸鱼

没有任何变化，那个小水族精灵也没有任何苏醒的迹象。镶嵌在黑暗天空中的星星也静静地目睹了这悲惨的场景。不一会儿它们就消失了，太阳公公出来了。

经过不懈的努力之后，事情会不会像福尔西科说的那样，“一切都变为草的汁液”？

筋疲力尽的弗拉姆巴斯坐在一块礁石上望着大海。不一会儿迪迪走过来并坐在了他身边。

“阿尔加莱尔怎么样了？”弗拉姆巴斯问道。

“很好，很快就会恢复的。”

“可惜的是艾米没有什么变化……”他沮丧地说。

“你已经做了所有你应该做的，弗拉姆，”迪迪安慰他说，“就如同平时一样。”

“但是还不够！”他说，“就如同平时一样。”

他们都沉默不语，听着海浪拍打沙滩的声音。海平面的天空开始变得越来越明亮了。黎明已经到来了。

突然间一声尖叫打破了沉寂的空气：“哎哟！你脑子里究竟在想什么，丑陋的福尔西科怪兽！我对你们是否习惯于赠送给女孩子们这些恶心的东西一点也不感兴趣！赶快把这个臭东西拿走，你就是一个绿脑袋！”

“阿尔加莱尔？”两个福尔西科相互对视的同时问对方说。然后他们突然回过头去：那个小水族精灵站在那儿，就好像什么也没发生过一样，她正在训斥可怜的深深陷入爱情中的特罗戈罗，因为他向她献上了一束……“海洋花朵”！至少他觉得是这样。事实上那是精灵沿着沙滩收集的干枯海带，他把它们用绿树汁液浸泡，得到了令人恶心的绿色凝胶状物质。

愤怒的小水族精灵开始在后面追赶他并向他扔那种东西，而特罗戈罗则左跳一下右跳一下躲避她的攻击，他就像是在冰上东倒西歪地滑动一样！

莴笋看到同伴单脚进行的杂技表演，开始大笑道：“真棒，特罗戈罗！你真像是一个

真正的‘撸’冰者！”

“那叫溜冰者，傻瓜！”果核停下大笑对她喊道。

迪迪和弗拉姆巴斯也觉得那场面非常好笑，但是突然间弗拉姆巴斯跳了起来，向前方极目远眺。当他想到一个好主意的时候他通常都会这样做，他脑子里刚刚掠过的那个主意真的是特别好。

“快！我们得收集沙滩上所有能找到的海带！一分钟都不能浪费！”

水族精灵们疑惑地望着他，犹豫不决，不知道应该把他说的话当真还是当作开玩笑。然后他们把目光投向

阿尔加莱尔，等待一个确切的答复。答复很快就有了。

“你们听到福尔西科说的了吗？”感觉完全恢复了体力的水族小精灵喊道，“你们照做吧！”

那是一幅神奇的场面。上百个水族精灵开始像蚂蚁一样工作，在戈洽海湾的岸边收集了小山一样高的干海带。不一会儿，绿细胞组织的成员就把那些没有生命的带状物放在手中，用手指间流出的绿树汁液的力量让它们重生，使它们变得滑溜溜的。

不过没有人知道弗拉姆巴斯想用它们来做什么。

“现在怎么办？”阿尔加莱尔不耐烦地问。

“现在需要把这些东西塞到艾米的肚子下面！”他扬扬得意地回答道。

僵在那里一刻之后，水族精灵们突然间明白了。他们开始行动起来，加倍努力地干了起来。

阿尔加莱尔指挥着工作的进行。只有莴笋和果核看着那些熙熙攘攘的精灵想出了这样一个词：“清炖鱼”（是时候这样说了）。

“是不是可以告诉我们，你想对那只可怜的小鲸鱼做什么，头儿？”莴笋问道。

“你想让它的肚皮发痒？”果核不确定地补充说。

“根本不是！我只是想让它……滑行！”弗拉姆巴斯跳到艾米的背上回答道，并对水族们喊道，“快，现在，所有人都推它！”

黎明的第一束光线和寒冷的温度把莱斯特·拉姆普兰达和那个警察弄醒了。他们两个人都被冻僵了，阳光已经洒在他们的脸上，但是他们对于在逆光方向所看到的一切并不是很确定。他们一次又一次地揉着眼睛，以便确定他们没在做梦：他们难以置信地看见，前一天晚上搁浅在海滩上的鲸鱼正在滑走，而且是被几十条蓝色的小鱼推着，它的尾巴一动不动地越过戈洽海湾的入海口，终于重新回到开阔的大海中去了！

他们快速地从警车里出来，冲向了海岸，把望远镜架在了眼睛上。

他们希望除了那只重新开始游动并渐渐远离海岸的鲸鱼，还能看到其他东西。或许他们也看到了一些在幽深的波浪间探头的其他东西。“好奇怪，”两个人想着，“一只鱼怎么会有银色的头发呢！”

当同事们、报社和电视台让他们准确地叙述海边发生了什么，也就是一只鲸鱼在没有任何人的帮助之下是如何回到开阔的大海中去的，他们打算说出真相。

幸运的是他们又重新思考了这件事。

12. 欢迎你们，蓝色的朋友们！

尽管已经到了与福尔西科分离的时候，水族精灵们决定在海岸边的岩洞里再停留几天（至少要等到阿尔加莱尔的手臂痊愈之后），特罗戈罗一回到温室里就陷入深深的忧伤之中。

他不仅没有打动那个偷走他的心的小精灵的心弦，而且还以海带事件成功地触怒了她。于是他把自己关在他那个悬空的小木屋中，三天都不想见任何人。当他终于从自闭

状态中走出来的时候，他开始为了找到一束真正的花朵送给她而尝试飞跃在海岸的上空，但是最终只能使可怜的咚弗筋疲力尽，与他从公园的花坛里采来的雏菊一起摔在波浪间。然后他以自己的方式叙述说，不知道是谁派来的两只海豚把他运到了岸边，但是事情并没有就此结束。

而欧拉乔·普莱斯科特和巴伯姐弟俩对于拯救艾米的事件做了完整而激动人心的报告。从另外一个角度说，与精灵做朋友益处多多。

另一方面，在“巢穴”的桌子上，弗拉姆巴斯、迪迪、莴笋和果核模仿和扮演着他们的英雄事迹，情节生动，语言幽默，令人崇拜。

特别是植物园的守护者，让他们叙述了两遍到三遍海带的场景，对于每一次重复，他都发出一次比一次高亢的惊叹声。

“孩子们，”最后他抖动着蓬乱的白色长发说，“可以和别人提起并让他们相信这些得付出什么代价啊！”

“看到拉姆普兰达教授的脸色你就知道了！”提密斯喊道。

“你们和我说说水族精灵们基本的水下行动

吧，是不是特别神奇？”卡尔洛塔一边兴致勃勃地窃笑，一边抚摸着像天线一样竖着耳朵的噶尔外斯顿和依波利达。

“关于水族精灵，”那一刻弗拉姆巴斯插嘴说，“如果我们邀请他们到这里拜访，你们觉得怎么样？既然我们能够离开陆地到大海去，他们为什么不能做同样的事情呢？”

“因为以前从没听说过一个水族可以远离水！”当弗拉姆巴斯去岩洞找她并向她提议的时候，阿尔加莱尔冷冰冰地回答说。

“那问题是什么呢？”小精灵天真地坚持着，“以前也从未听说过福尔西科和水族可以为拯救一只处于危险

之中的鲸鱼而合作。你就不能做第一个吗？”

小水族精灵紫色的眼睛里闪着迷人的光亮。

事实上，鲸鱼事件极大地改善了两个群体之间的关系。阿尔加莱尔的伤还没完全愈合，迪迪告诉她，在她家里可以得到更好的医治。

“那么你的家在哪儿？”阿尔加莱尔问她说，“在丛林里吗？”

“差不多……”迪迪回答说，“一个由长腿族建设的丛林，或者，如果按照你的说法，是由无鳃物种……”

“无鳃物种？你们和他们在一起？”

“就是他们。他们真的和你所认识的那些人不同，并且我向你保证他们非常想认识你！”

当特罗戈罗知道，经过长时间交谈，阿尔加莱尔已经接受邀请之后，他完全疯了。

他和咚弗消失了一整天，回来的时候在他们的菲酷斯下面卸下了一大堆破旧的东西！

“你想用那些东西干什么，特罗戈罗？”莴笋天真地问他说。

“呜嘎！我准备聚会！”

他真的准备了一场盛大的节日宴会。他开始为他的小房子覆盖上一层锡纸和塑料穗子。他在门脸处挂上从欧拉乔的“巢穴”里找到的圣诞节彩灯花环，从一个屋檐下连接到另一个屋檐下，然后用常春藤建造了可以爬到树顶的小梯子，用树皮做了从一个小房子通往另一个小房子的天桥。最后，在他的房间里交织着花环和铁拉环，门上和窗子周围放上鲜花，并用厚纸盒子制作了一对舒服的小沙发和几块小花布。

迪迪和弗拉姆巴斯骑着阿尔坎和吉尔波去接水族精灵的那一天，特罗戈罗又消失了。

阿尔加莱尔由另外两个水族精灵陪同，这两个精灵犹豫地和迪迪一起坐在了迪迪那只鸢的脊背上，而阿尔加莱尔坐在了弗拉姆巴斯的后面。

从城市的上空掠过时，他们着迷地看着异日城海湾：从高处看到了大海的壮阔，无鳃物种高高的房子，内地绿色的高高的“波浪”，陆地上覆盖的葱葱郁郁的树木。

他们刚一降落在温室的一侧，注意到的第一件东西就是那个大喷泉的雕塑，他们充满惊奇地靠近它。

“顶部的海神在那里做什么？”阿尔加莱尔一边问道，一边在雕塑面前鞠了一躬。

“嗯，那不是真的海神，”弗拉姆巴斯解释说，这时候另外两个水族精灵被石头雕的两只美人鱼吸引了，“这只是逼真的肖像：无鳃物种们叫它们‘雕塑’。”

“半人半鱼的海神也是雕塑？”小水族精灵追问说。弗拉姆巴斯点着头，他感到很

不好意思，让他们失望了。

就在那时温室的门打开了，脖子上套着花环的果核和莴笋探出头来，迎接客人的到来。莴笋甚至试着唱起了欢迎的歌曲，但是果核立刻捂住她的嘴不让她唱。然后她一边向他们打招呼，一边充满激情地向他们炫耀着那些词句：

欢迎你们，蓝色的朋友们，
欢迎你们来到这座温室。
它并不像大海一样广阔，
却充满着陆地的芬芳。

阿尔加莱尔和另外两个精灵十分忐忑地跨过了门槛，尽管迪迪和弗拉姆巴斯一直不停地向他们

确保这里面的安全。然后他们带领着水族们爬上了特罗戈罗修建的小梯子并到达那些悬挂着的小别墅，从那儿他们欣赏着生长在玻璃棚里的浓密的热带雨林。弗拉姆巴斯正在向他们解释那些长腿族发明的机器是如何运转的，这时候从特罗戈罗的小房子里飘出了浪漫的音乐。然后圣诞节的彩灯亮起来了，门被打开了。最后他出现了，福尔西科中最原始的小野人，变得让人完全认不出来了：他穿了一套蛋黄酱颜色的四码的超小号套装，可以从上衣的褶子和快要跳下来的扣子判断出来，这件衣服太紧了。衬衣是深蓝色的，领带是鲜绿色的。脚上穿着一双鲜红色的仿蛇皮小矮靴，左手上戴着一个巨大的塑料戒指。

但是令人印象最深刻的还是他的发型和胡须，很明显，这是特罗戈罗自己修剪的，很像修剪坏了的草坪，到处都凹凸不平。

最热闹的时刻到了，像往常一样，莴笋先发言说：“我的天啊！你是钻到了割草机下面吗，特罗戈罗？”其他人惊讶地屏住了呼吸。阿尔加莱尔发出了一声尖叫并躲在了她的两个护卫身后，吓了一跳之后，她开始发自内心地大笑起来。

但是特罗戈罗不是那种容易灰心丧气的人：他坚决地向蓝精灵走去，终于能够给她一些真花（这次是红玫瑰，他已经认真地将所有的刺都摘掉了）。这是阿尔加莱尔第一次看到这些花朵，也是第一次闻到花香。她直视着特罗戈罗，这次没有训斥他，而是生硬

地对他说了声“谢谢”！

这已经让他十分满足了，他终于长出了一口气（到这一刻为止，他为了穿上那件上衣一直屏住呼吸），但是，两只扣子都被绷掉了，打在了那两个水族精灵的眼睛上。然后特罗戈罗笨拙地鞠了一躬，他被自己缝的裤子边绊倒并失去了平衡，伴随着一声大叫从树上跌了下去。幸运的是一棵棕榈树宽大的叶子缓冲了他的下落，使得他能够抓住较矮的树枝，摇摇晃晃的粗糙的脸上带着蠢笨的笑容。

没有人会为此过多担忧。迪迪让阿尔加莱尔进入她的房间，她检查着伤口，鉴于伤口已经愈合了，她就完全拆了缝合的线。

“它将给你留下一条细细的白色疤痕。”

她告诉小水族精灵。

“它可以让我记住这次冒险经历，”小水族精灵回答道，“不过现在我们得回到大海去了，我感觉我们的皮肤已经开始慢慢地变干燥了。”

“你们真的不想认识我们的长腿族朋友们吗？”迪迪试着挽留她说。

阿尔加莱尔在回答之前犹豫了一下：“你确定我们可以信任他们吗？”

“就像信任我一样。”迪迪严肃地说。

“那么我同意。我敢肯定那将是另外一种有趣的经历……”

事实确实如此。对于所有人来说，提密斯、卡尔洛塔和欧拉乔，尽管相信精灵们一点也不难，但是他们对于想象陆地上有多少

物种还没有做好思想准备。而对于水族精灵也同样如此，他们得面对这样的事实。最后阿尔加莱尔概括得非常好：“弗拉姆巴斯说得有道理，并不是所有的无鳃物种都是一样的。”

13.
水之交响曲

当他们把水族精灵送回大海的时候，阿尔加莱尔一点也没有怀疑过，她满足那个小男孩提密斯的愿望，让他听他们水族的海之歌并允许他保存起来（照他的说法是“录下来”）的做法是否正确。又或者让卡尔洛塔用那个只有一只眼睛的黑盒子抓拍到他们的肖像是否明智（尽管卡尔洛塔把一张精灵们和无鳃物种亲密无间的合影送给了她）。最后，和特罗戈罗一起坐在他那只摇摇晃晃的、似乎不能承受他们

两个重量的鸽子上面是否是谨慎的选择。

不管怎样，以这种或者那种方式，他们到达目的地——离戈洽海湾不远的岩洞。水族们和福尔西科毫无嫌隙地相互道别，并且承诺——有需要的话他们会准备好再次合作。

在消失于波浪间的前一刻，阿尔加莱尔用五个手指向天上飞着的精灵做了个飞吻的手势。特罗戈罗确切地认为飞吻是献给他的，为了接住它，他失去了平衡，和咚弗一起掉进了海里。蓝精灵银色的笑声是在迪迪和弗拉姆巴斯滑翔过来把他捞起来之前他听到的最后的道别。

那天下午，提

密斯回到了他的朋友莱斯特·拉姆普兰达那里，莱斯特让他听了早上最新的海洋录音。“你听到了吗？五十英里以内没有任何超声波！你知道这是怎么回事吗？”

“或许他们改变了捕鱼的区域……”提密斯装傻说。

“又或者有人抓住了他们。或许是解救鲸鱼的同一拨人……”科学家若有所思地补充道。

“关于鲸鱼！”提密斯谨慎地转换了话题，“我是来找你要一些关于它们声音的录音的。你还记得我的关于‘水之交响曲’的计划吗？我需要很多样本来与大提琴的声音混合。”

“愿意为你服务。但是当它完成的时候我需要复制一份，成交不？”

“当然！而且，如果你需要的话我可以找到歌词的翻译。我有一个女性朋友居然懂‘鲸语’。这是不是很疯狂？”

两个月之后，提密斯的唱片已经准备好了，和几千张其他的声乐试验样品一起放在了他房间的一个书架上。提密斯只让他的大的和小的朋友们听了唱片（顺便说一句：福尔西科们非常喜欢它）。但是很偶然的机会，他的爸爸也听到了并觉得这曲子非常成功，作为一个商人，他向提密斯提议说：“如果我们把它推广到市场上呢？获得的利润可以用来支持保护鲸鱼的行动。你觉得怎么样？”

而提密斯会说什么呢？他惊讶地张大了嘴，然后，在确认了他爸爸没有开玩笑之后跳起来抱着爸爸的脖子。

提密斯为了完成这个项目，有很多工作要做，并把所有人都拉了进来：他的姐姐负责封面的照片和绘图构思，拉姆普兰达和他的海洋学家朋友们负责通过海洋研究中心进行宣传，而福尔西科们自然是负责从空中向下扔宣传单了。在光盘的背面写着艾米最后唱的歌——这是在鲸鱼获得自由之前，莴笋将她的斯里阔弗诺贴近大海听到的。

经过小精灵的很多次重复

和修改之后，似乎应该是这样唱的：

这是七个姐妹的故事，她们总是并排着游泳，在波浪间齐声唱着歌，一个迷了路，但重新归队，合唱先是走调，然后再次恢复。

迷人的喜鹊

来自林法多罗的消息

最新消息

水族大使来到了林法多罗！在最近一次为了拯救一只鲸鱼而进行了卓有成效的合作之后，他们正在协商一个新的联盟的可能性。

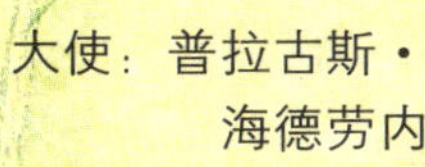

大使：普拉古斯·海德劳内

与长腿族之间的冲突

作者：玛艾娃·拜尔文卡

在与水族代表们进行的第一次会晤期间我们发现大海已经完全是最危险的居住地之一了，他们这些可怜的精灵有无数的工作要做！例如，对于鲸鱼而言，并不仅仅是搁浅在沙滩上这一个问题。

与长腿族之间的冲突

最严重的威胁就是以与被长腿族称作“船”的巨大漂浮房子的冲突为代表，每一天，有成千个这样的东西穿越我们朋友的路线并以可怕的速度行进着！幸运的是并不是所有的长腿族都是愚蠢的，他们中的一些（就像我们的世界自然基金会的朋友们）已经开始考虑如何解决这一问题了，践行这样的举动：每次当某一只船发现一只鲸鱼就告知另外一些船，直到最后，通过每个船之间的相互传达，他们就知道海上的哪片区域更有可能与我们那些友好而肥胖的朋友们相冲撞而绕行了。

长腿族的一个漂浮的房子

玛艾娃·拜尔文卡海底世界专栏

海滩上的生命

另外一个友好的但过得一点也不好的海洋居民是海龟！不仅受到来自海中的捕鱼网和鱼钩的威胁，而且来自它们一生中只在那里度过极其短暂时间的陆地上！事实上，可惜的是海龟和长腿族都特别喜欢柔软而热乎乎的沙滩：海龟是因为它们的卵可以成功地孵化，而那些长腿族中的傻瓜绝对是为了无关紧要的原因……你们可以想一想，如果在你们的住处建起旅馆和道路并插上伞的话你们感觉如何？这就是为什么与水族合作的协定之一正是关于我们的朋友的卵的保护。

一只在水下“飞翔”的海龟

托尼·迪亚巴森的草丛音乐

与水族一起演奏

你们知道水族们也像我们福尔西科一样是疯狂的音乐爱好者吗？只是代替胡桃和橡子，他们更多的是用贝壳来制作他们的乐器。你们想知道是如何制作的吗？

就像螺旋状的贝壳被他们用作帽子，他们也把贝壳当作哨子，贴在嘴部，尤其是那些底部较平的贝壳。然而，对于水族来说，很多其他形状的贝壳也可以用作哨子，只需要把它们的尖端锯断获得一个小孔就可以了（见图A）。为了演奏他们用力地吹这个小孔，通过闭紧和张开嘴唇，急促和平缓的气息来使音调抑扬顿挫。

A

然后他们用其他贝壳来制作铃铛。他们使用的大部分贝壳是天然有孔的，就像“大海的耳朵”（见图B）；也可以选择那些不是特别结实的贝壳（例如贻贝，而蛤硬极了，不适合被选择），经过打孔，贝壳被穿在一起拿在手上或者戴在脚踝、脖子、手腕上（一个有趣的变化是福尔西科可以把这些铃铛挂在窗子上，让风奏响它们）。

B

最后，摩擦一对连接在一起的贝壳，与此同时张开并闭合双手，水族们就能够用它们发出类似于昆虫的鸣叫或者青蛙和蟾蜍的叫声了！

小福尔西科精灵知识科普角

作者：弗拉图斯·弗莱斯塔

沙子的书

你们试着早上很早的时候在沙滩上散步：就会发现大量的奇怪的脚印！例如，你们能把下面这些脚印和与它们有关的动物连接在一起吗？

海鸥—海龟—野兔—狐狸

答案：1.野兔 2.海龟 3.狐狸 4.海鸥

小福尔西科精灵知识科普角

作者：弗拉图斯·弗莱斯塔

当声波不停止的时候

我们的海豚朋友想要追赶上鱼并避开汽艇和渔网。你们觉得它应该选择海下的哪条轨迹？

答案：正确的航行路线是A，而路线B指向摩托艇，路线C则通向渔网

罗贝托·帕瓦内罗是谁

有一句俄罗斯谚语大概是这样说的：如果你没有上过高中，没有种过一棵树，没有生过一个小孩子，没有写过一本书，那么，生活是不完整的。

两岁半的罗贝托正坐在餐桌前，正因为这张照片，大家给他起了“西红柿酱拌面”的绰号

我不知道这句话是否正确，除了种树之外，其余的我们都做到了，而关于孩子，我的妻子和我甚至生了三个。

而且也是由于他们的原因，我开始写书。

开始的时候我给他们大声地读其他人的故事，我模仿着人物的声音，那些吵闹声，扮着鬼脸，我也从他们的脸上明白我的这种叙述方式是否有效。对于一个像我一样长期致力于戏剧的人来说这一点儿也不难，难的是找到一些适合大声阅读的故事，因此我开始自己编一些故事，直到我妻子建议我把它们写下来并让其他人阅读，从那以后我的书诞生了。

甚至现在，每当我写作的时候，我都会用耳朵和眼睛……我的意思并不是说我的眼睛或者耳朵里有笔，而是说我想着你们，我亲爱的读者朋友们，我是希望你们听得到我文字的声音，可以看到我所想象的情境。令我遗憾的只是没有和你们在一起并看看它们的效果，看看我是否打动了你们，是否抓住了你们的心。

罗贝托·帕瓦内罗

一次，当他们问罗尔德·达尔他的那些书的思想源泉是什么，他回答说："很简单，我知道孩子们喜欢什么。"我多么想像他一样回答这个问题啊！

然而现在请原谅我，我得去种树了。

罗贝托·帕瓦内罗

斯蒂法诺·图尔科尼是谁

三岁的斯蒂法诺

在我小的时候，我所有的朋友都想做机器人的操作员，而我则梦想着做一个农民，因为我喜欢小动物，那时候我最喜欢的卡通形象是海蒂。

可惜的是我很懒！我喜欢赖床，当我发现在一个农场里人们黎明就起床而且工作一整天的时候，我觉得太悲惨了！！！很快我就改变了主意，我喜欢绘画，我认为这项工作唯一费力气的事就是削铅笔，绘画是极具诱惑力的，于是我决定要做一个画家，现在我和妻子生活在一起（连环画剧作家，多巧合），还有维奥拉，我们的小女儿。在闲暇时光我喜欢用木头和白垩土绘画，喜欢去山上散步、去远方旅行，我喜欢臭奶酪、肥香肠、鸡蛋奶酪冰淇淋和里窝那的鱼汤。啊，我实现了早上晚起的梦想！可惜的是每天我都得待在桌子旁绘画，或许，实际上，做机器人的操作员……

斯蒂法诺·图尔科尼

斯蒂法诺·图尔科尼